Viajeros del conocimiento

Colección dirigida por
Victoria Schussheim

El vencedor del mundo invisible

Portada: Pablo Meyer y Asociados

Primera edición, 1989
© Pangea Editores, S.A. de C.V.
Periférico Sur 3453-601
10200 México, D.F.

Esta primera edición se coedita con la
Dirección General de Publicaciones del
Consejo Nacional para la Cultura y las Artes

ISBN 968-6177-28-0

Derechos reservados conforme a la ley
Impreso y hecho en México
Printed in Mexico

15 000 ejemplares, noviembre 1989
Impreso por Litoarte, S.A. de C.V.
Ferrocarril de Cuernavaca 683

El vencedor del mundo invisible

Louis Pasteur

Magdalena Fresán

Consejo Nacional para la Cultura y las Artes
Dirección General de Publicaciones

Pangea Editores, S.A. de C.V.

Para César, Pablo,
Marcos y Daniel,
con amor

Índice

El mundo de Pasteur   9

Textos de Pasteur   45
   Animalículos infusorios viven sin oxígeno libre y determinan las fermentaciones   47
   Memoria sobre corpúsculos organizados que existen en la atmósfera   52
   La teoría de los gérmenes y su aplicación a la medicina y la cirugía   74
   De la atenuación de los virus y su uso para prevenir las enfermedades transmisibles   82
   Método para prevenir la rabia después de la mordedura   88

La biología después de Pasteur   95

Índice analítico y glosario   107

El mundo de Pasteur

> Los griegos nos han dado una de las palabras más hermosas de nuestra lengua: *entusiasmo,* un dios interior. La grandeza de los actos de los hombres se mide por la inspiración de la cual surgen. Feliz aquel que tiene un dios interior.
>
> *Louis Pasteur*

¿Alguna vez has presenciado un acontecimiento tan violento que su recuerdo te despierte en las noches aterrorizado, con el corazón latiendo apresuradamente y el cuerpo bañado en sudor? A uno de los más grandes genios que ha procreado la humanidad el recuerdo de un suceso terrible y angustioso lo impulsó a desarrollar —después de muchos años de trabajar sobre distintas enfermedades infecciosas— un método para prevenir una de las más dramáticas patologías que pueden afectar al hombre: la rabia.

Tenía sólo nueve años cuando un día, al regresar de la escuela, vio cómo los vecinos de Arbois, en Francia, cauterizaban con un hierro candente la herida producida por la mordedura de un perro rabioso en la pierna de un labrador. Los alaridos de la víctima y el pavor de los pobladores dejaron una honda huella en su memoria.

Como Louis Pasteur era un niño sensible, estos recuerdos lo persiguieron mucho tiempo. Sesenta años más tarde presentaría al mundo científico los resultados de sus estudios sobre esta enfermedad y entregaría a la humanidad un arma para vencerla: la vacuna antirrábica.

Pero vayamos más despacio, porque esta enorme contribución a la medicina fue una de las muchas aportaciones

Louis Pasteur

de este gran científico que revolucionaron la química, la biología, la medicina y la industria alimentaria.

Para comprender y disfrutar esta historia apasionante veamos primero la situación del conocimiento antes del siglo XIX. Con este fin, haremos un pequeño viaje al pasado para asistir al proceso de construcción del saber acerca de las enfermedades y así comprender cómo el trabajo de este hombre cambió la historia de la ciencia y de la humanidad.

La idea de que la enfermedad no era un castigo divino o una posesión satánica fue expuesta por primera vez por Hipócrates, llamado el padre de la medicina (460 a.C.). Este médico griego pensó que el aire, el sol, el frío, la alimentación y la ocupación, entre otras cosas, eran la causa de las enfermedades. Otro pensador de la antigüedad, Varro (117-26 a.C.), afirmó que las enfermedades eran provocadas por animales pequeñísimos que salían de los ojos, los oídos y la nariz de las personas enfermas; que llevados por el aire y penetrando principalmente por la boca y la nariz, alcanzaban e infectaban a los individuos sanos.

Desde las civilizaciones más antiguas se conocen las enfermedades infecciosas. Muchísimo tiempo antes de que se descubrieran los microbios los hombres observaban que muchos padecimientos se contagiaban. Es decir, que los individuos sanos podían contraerlas al estar en contacto con los enfermos. Incluso se tomaron muchas medidas para controlar su diseminación.

Los hebreos, en el 1300 o 1400 a.C., se percataron de que la lepra es una enfermedad transmisible y establecieron leyes para evitar su contagio: la obligación de aislar a los leprosos, lavar y quemar sus ropas, desinfectar y aun incendiar sus casas. En muchos países, durante la edad media, los leprosos fueron expulsados de las poblaciones, forzados a vivir de la caridad en lugares lejanos y abandonados, y a anunciar su presencia con una campanita colgada del cuello o con el sonido de un pequeño cuerno antes de gritar. . . ¡impuro! Así, todos los pobladores, sobre aviso, se alejaban de inmediato horrorizados. A tal grado llegaba el horror por esta enfermedad que en algunos lugares el leproso era declarado legalmente muerto y se confiscaban sus propiedades.

Si bien estas medidas pueden parecernos ahora demasiado crueles, también es cierto que permitieron a los hombres establecer controles adecuados para evitar la diseminación de las enfermedades.

Otra enfermedad que produjo grandes estragos en la humanidad fue la peste. En un lapso de 600 años produjo 65 epidemias y ocasionó la muerte de cientos de miles de hombres en Asia primero, y en Europa después. También en este caso los gobiernos instituyeron medidas importantes para evitar el contagio de los pobladores. Por ejemplo, en Italia se estableció un hospital en una isla cercana a Venecia donde todos los viajeros eran detenidos durante 40 días (cuarentena), hasta que las autoridades se convencían de que estaban sanos. Fracastorius, médico italiano (1483-1553), publicó en 1546 un famosísimo libro: *De Contagione*, en el que postulaba que las enfermedades infecciosas eran transmisibles por partículas imperceptibles a las que llamó "*seminaria contagiorum*", que quiere decir "semillas de enfermedad". También afirmó que los individuos sanos pueden adquirir estas semillas por contacto directo con el enfermo (al tocarlo, besarlo o al tener relaciones sexuales), o por contacto indirecto (al tocar sus ropas o los utensilios que éste había usado); sostuvo incluso que estas semillas podrían encontrarse en el aire. Fracastorius dedujo estas conclusiones de sus estudios sobre la lepra, la peste y la sífilis, enfermedades que comparten la característica de ser contagiosas. Un dato curioso: Fracastorius bautizó con el nombre de sífilis a una de las más extendidas enfermedades venéreas que desde fines del siglo XV causó epidemias devastadoras, inspirado en un poema de Ovidio, en el cual un pastor llamado Shyphilus fue castigado por los dioses por un acto de impiedad con una enfermedad repugnante y contagiosa.

Durante el siglo XVII, con el desarrollo de instrumentos que permitieron a los investigadores ampliar las fronteras del ojo humano y penetrar en el mundo hasta entonces des-

Así representó el gran pintor Durero a un sifilítico en la época en que se presentaron las grandes epidemias de esta enfermedad.

conocido de lo invisible, dos estudiosos hicieron grandes contribuciones a la biología.

Anton van Leeuwenhoek, hombre excepcional nacido en 1632, sin ninguna educación superior, estimulado sólo por su curiosidad, desarrolló uno de los más maravillosos sistemas de observación: el microscopio. Construyó cientos de microscopios. Él mismo tallaba sus lentes y no permitió que nadie, ni su familia, los tocara. Tuvo la fortuna de que cuando iniciaba su fructífera vida científica, se creó en Inglaterra la Real Sociedad de Londres, agrupación dedicada a la comunicación y difusión de los adelantos científicos. Esta sociedad se enteró de los experimentos de Leeuwenhoek y lo invitó a exponerlos ante sus miembros. Pocos años después, en reconocimiento a sus brillantes aportaciones, lo admitió como miembro. Él, con gran sencillez, durante más de 40 años transmitió sus observaciones a la Real Sociedad, la que asombró al mundo a través de la traducción y publicación de sus trabajos.

Leeuwenhoek examinó bajo las lentes de sus microscopios todo lo que le caía en las manos. Hizo observaciones y descripciones maravillosas de miles de plantas, algas, protozoarios, levaduras, semillas y animales invertebrados. Descubrió los glóbulos rojos y los espermatozoides.

Cuando comunicó a la Real Sociedad la existencia de millones de "bichitos" en las aguas estancadas, se cuestionaron sus observaciones, solicitándole que probara lo que afirmaba. Como se negó a prestar sus microscopios a otras personas para corroborar sus palabras, la Real Sociedad encargó a Robert Hooke la construcción de un microscopio. Hooke fabricó un excelente microscopio —que posteriormente, al examinar pequeñas láminas de corcho, le permitió descubrir las células de los tejidos vegetales— e informó a la Real Sociedad que las observaciones de Leeuwenhoek eran correctas.

A pesar de que Leeuwenhoek mostró al mundo la existencia de millones de seres invisibles al ojo humano, y aunque algunos científicos del siglo XVIII consideraron la posi-

Las epidemias de peste que azotaron Europa durante siglos provocaban miles de muertes y un verdadero pánico en la población, que huía despavorida de las ciudades.

bilidad de que esos animalículos pudieran ser causantes de las enfermedades contagiosas, tuvieron que pasar casi dos siglos para que estos "bichitos" de Leeuwenhoek se relacionaran en forma definitiva con las enfermedades del hombre, los animales y las plantas.

El principal obstáculo para establecer esta correlación era la doctrina de la *generación espontánea* o *abiogénesis*, pues sostenía que los animalículos y muchos otros seres vivos procedían de la materia inanimada. Por ejemplo, se creía que el estiércol de vaca engendraba escarabajos y abejas; que las larvas y las moscas provenían de la carne en descomposición y que en los charcos lodosos o en los caldos grasos surgían mágicamente diversos animalículos.

Los experimentos del italiano Francesco Redi fueron un paso decisivo que debilitó esta teoría. En 1665 demostró que los gusanos que aparecían en la carne putrefacta eran larvas de moscas, y que no se presentaban nunca si la carne era protegida mediante una fina gasa que impedía el acceso de los insectos, y por tanto el depósito de sus huevecillos en ella.

Algunos años después de estos descubrimientos se inició entre varios científicos una polémica que se ha denominado la "guerra de las infusiones". En esta guerra se enfrentaron dos hombres de ciencia de la época.

Recordemos que Leeuwenhoek nunca se preocupó por el origen de los animalículos, pero un contemporáneo suyo, Louis Joblot, informó de observaciones que sugirieron con fuerza el origen aéreo de los microbios que se desarrollaban en infusiones de heno.

Joblot preparó una infusión de heno y la hirvió durante diez minutos, al cabo de los cuales distribuyó en dos frascos de vidrio el contenido de su recipiente. Uno de ellos lo tapó con pergamino, el otro lo dejó abierto. Observó ambos frascos durante varios días. El contenido del frasco que no tenía tapa se enturbió poco a poco, mientras que el del frasco tapado permanecía translúcido. Examinó al rudimentario microscopio una gota de cada infusión y com-

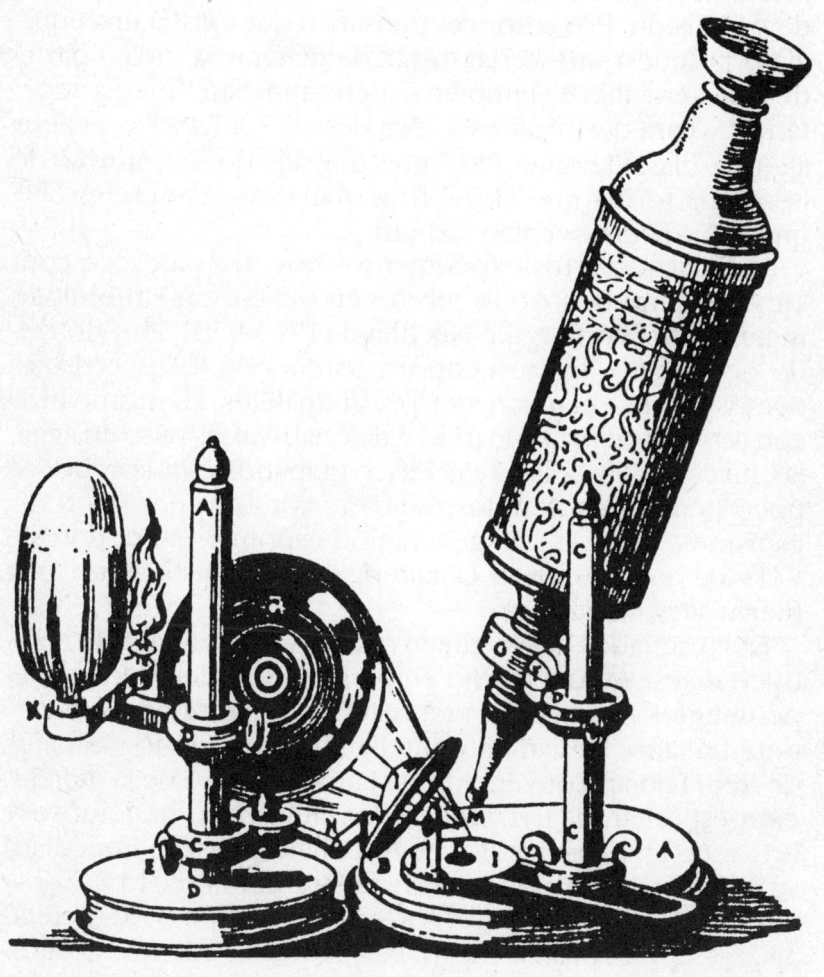
La invención del microscopio permitió descubrir todo un mundo desconocido de seres invisibles a simple vista.

probó que en el líquido del frasco abierto había innumerables criaturas vivas, mientras que en el otro no había ninguna: concluyó que las criaturas del primer frasco provenían del aire. En algún momento dudó. Pensó que la cubierta de pergamino podría haber afectado la "fuerza vital" de la infusión. Por entonces pensaban que existía una energía o potencia inmaterial capaz de generar la vida a partir de la materia inerte; también la denominaban "fuerza vegetativa". Para descartar esta idea destapó el frasco y esperó algunos días. El contenido, antes translúcido, se enturbió de la misma forma que el del frasco abierto. Así, comprobó que las criaturas venían del aire.

Aun cuando estos experimentos hoy nos parezcan concluyentes, no ocurrió lo mismo en esa época. Un biólogo inglés, John Turberville Needham (1713-1781), hirvió caldo de carnero, lo tapó con un corcho y a los pocos días demostró que era un criadero de animalillos. Lo mismo hizo con semillas de maíz, de trigo y de calabaza; las puso en agua, las hirvió, y las colocó en frascos tapados con corcho. Al poco tiempo los líquidos estaban invadidos por microorganismos, luego... ¡la generación espontánea era posible y la vida podía surgir de la materia inerte! ¡Existía, pues, una fuerza vegetativa!

Los resultados de Needham conmovieron al mundo científico de ese entonces. Sin embargo, las noticias de sus experimentos produjeron una reacción adversa en un sacerdote italiano, sumamente inteligente, a quien los trabajos de Redi habían convencido de la inexistencia de la generación espontánea. Lazzaro Spallanzani, joven impetuoso y brillante, leyó los trabajos de Needham y casi de inmediato se propuso repetirlos para demostrar su falsedad.

Preparó varias redomas con semillas distintas, les agregó agua pura y las puso al fuego. Pensó que los corchos no ajustaban bien a la boca de las redomas y que podrían permitir el paso de animalillos diminutos. Después de una breve reflexión decidió fundir a la llama la boca de algunas de las redomas —la mitad— y tapar el resto con corchos. Una vez tapadas todas, nuevamente las sometió al fuego. Al cabo de varios días, volvió a sus redomas. Rompió uno a uno los cuellos de las redomas que había sellado al fuego y observó al microscopio gotas de su contenido; no encontró los animalillos descritos por Needham. En cambio, en las redomas tapadas con corcho encontró millares de pequeñas criaturas. Eso significaba que los animalillos del aire podían entrar a las redomas mal tapadas... ¡Needham estaba equivocado!

Sin embargo, la guerra de las infusiones no terminó allí. Quienes creían en la generación espontánea inventaron nuevas explicaciones. Una, que para la generación espontánea se necesitaba el aire; otra, que al calentar Spallanzani sus redomas por mucho tiempo —una hora o más— había debilitado la "fuerza vegetativa", descrita por Needham, que era la fuerza creadora de la vida.

Spallanzani comprobó que la segunda explicación era falsa de la siguiente manera: sometió al calor sus caldos de semillas en redomas tapadas con corcho durante diferentes tiempos: unos minutos, media hora, una hora y dos horas. Después los observó durante varios días. En todas las redomas crecieron miles de animalillos. Así demostraba al mundo que el calor no agotaba la fuerza vegetativa.

Mucho más difícil fue descartar la primera explicación, pero lo hizo; mostró que las infusiones calentadas muy pocos minutos y cerradas perfectamente (a fuego), podían permitir el desarrollo de los animalillos. Por lo tanto, el aire no era necesario para su multiplicación, ya que estaban en las semillas o el agua antes de la exposición al calor, y un calentamiento insuficiente no los destruía.

Con tales comprobaciones parecería que la teoría de la generación espontánea había pasado a la historia; sin embargo, tuvo que transcurrir más de un siglo para que la abandonaran.

Regresemos al campo de las enfermedades infecciosas; recordemos que Fracastorius había postulado el contagio a través de "semillas de enfermedad". Otros médicos reconocidos describieron posibles relaciones entre los animalillos de Leeuwenhoek y las enfermedades infecciosas, sin obtener suficientes pruebas para sustentar sus afirmaciones. Marcus Plenciz publicó una tesis donde sostenía que las enfermedades son causadas por organismos vivos pequeñísimos, y que cada enfermedad tiene su agente causal. Su tesis fue una reiteración del trabajo de Fracastorius, pero no aportó ninguna prueba suficiente para sostener sus conclusiones. Posiblemente el primero que presenta una evidencia acerca de la relación enfermedades-organismos vivos es Bassi, quien en 1836 demuestra que una enfermedad que afecta a los gusanos de seda es producida por un hongo que se transmite de un gusano enfermo a otro sano.

Muchos investigadores informaron sobre la presencia de distintos microorganismos en tejidos o sangre provenientes de animales u hombres enfermos y presentaron sus observaciones para probar su papel como agentes causales de las infecciones. Esos estudios condujeron a un brillante anatomista, Jacob Henle, en 1840, a protestar contra muchas conclusiones infundadas. Este investigador estableció que para que cualquier organismo microscópico pudiera considerarse agente de una enfermedad era necesario: *1)* encontrarlo en forma constante en los tejidos de distintos enfermos; *2)* aislarlo y *3)* reproducir la enfermedad con él.

Estos principios influyeron sobre el pensamiento de dos hombres: Louis Pasteur y Robert Koch, que veinte años más tarde establecerían la teoría microbiana de la enfermedad con bases científicas.

Historia que parece cuento

En Dole, un pueblecito francés, un helado 27 de diciembre de 1822 Jeanne Etiennette Roqui, esposa del modesto curtidor Jean Joseph Pasteur, dio a luz un niño: Louis Pasteur, el científico que venció a la rabia. Años después, con tres hijos más, los Pasteur se establecieron en Arbois.

Desde pequeño Louis fue disciplinado y cuidadoso. Mostró grandes aptitudes para el arte; hizo muchos retratos a lápiz y al pastel e incluso aprendió litografía. A pesar de sus inclinaciones artísticas, decidió estudiar ciencias y convertirse, de acuerdo con la posición social de su familia, en maestro de escuela secundaria. Para ello, a los 16 años se fue a París, pero la nostalgia por su pueblo y su familia lo obligó un mes después a regresar a Arbois.

Ahí reanudó su trabajo artístico y en un poblado cercano a su hogar cursó el bachillerato en letras. Más tarde obtuvo, además, el bachillerato en matemáticas, con calificaciones bastante menores a las alcanzadas en letras; un hecho curioso fue que en química, una de las áreas más enriquecidas con su trabajo, Pasteur obtuvo la calificación de "mediocre". Una vez concluido el bachillerato, presentó examen de admisión en la Escuela Nacional Superior, pero insatisfecho por el lugar obtenido renunció y retornó a París, donde siguió sus estudios en el Liceo de Saint Louis y en La Sorbona.

Durante ese tiempo trabajó como profesor de matemáticas para mantenerse. Un año después presentó de nuevo el concurso para ingresar a la Escuela Normal Superior y obtuvo el cuarto lugar entre todos los candidatos. Se dedicó con pasión al estudio y se inició en la vida científica en el laboratorio de un químico, J. B. Dumas, maestro que despertó en él grandes inquietudes. Consiguió el título de licenciatura e inició el trabajo doctoral en el laboratorio de Ballard, otro de sus maestros. Su tesis doctoral consta de dos partes: una tesis de química sobre el óxido arsenioso y una de física sobre la rotación óptica de los líquidos. Como se sabe, la luz es una radiación que se transmite en todas direcciones a partir de un cuerpo luminoso. Algunos materiales (polarizadores) tienen la propiedad de hacer que las vibraciones luminosas ocurran en un solo plano (luz polarizada). Cuando la luz polarizada atraviesa una sustancia química puede continuar su trayecto o desviarse. En el primer caso se dice que la sustancia es ópticamente inactiva, y en el segundo que es ópticamente activa. Esta capacidad de desviar la luz polarizada (rotación óptica) depende de la estructura de las moléculas de la sustancia. Sus primeros trabajos de investigación, ya como doctor, tuvieron que ver con la morfología de los cristales y su habilidad para no rotar el plano de la luz polarizada. Durante los siguientes siete años trabajó en ese tema, tan lejano de aquel en que realizaría sus mayores contribuciones: la microbiología. Sin embargo, sus hallazgos en la química de los cristales son los que establecen el puente entre ambas disciplinas.

Pasteur descubrió que entre los cristales del paratartrato de sodio y amonio existen dos formas distintas; una de ellas desvía la luz polarizada hacia la izquierda (levógiro). Cuando se tiene una mezcla de ambas formas cristalinas en la misma cantidad, ésta se denomina mezcla *racémica* y es ópticamente inactiva, es decir, no desvía la luz polarizada. Esto se debe a que la rotación hacia la izquierda ocasionada por los cristales levógiros es compensada por la rotación a la derecha de los cristales que desvían la luz a la derecha.

Fascinado por la disimetría observada en los cristales, Pasteur infirió que esta relación gobernaba muchos de los fenómenos naturales que ocurren en el universo. Para demostrarlo realizó experimentos tales como cultivar plantas en campos magnéticos o frente a una luz que se hubiese "revertido" entre varios espejos, pero obtuvo siempre resultados negativos.

En 1849 fue designado profesor suplente en la Universidad de Estrasburgo, y a los quince días pidió la mano de la hija del rector. Meses después se casó con Marie Laurent, con quien tuvo cinco hijos, de los cuales sólo dos sobrevivieron. Marie fue una devota compañera que ayudó a Pasteur en su trabajo científico, tomando dictado, innumerables tardes, de sus descubrimientos.

Pasteur continuó sus estudios sobre los cristales hasta 1854, fecha en que fue nombrado profesor y decano de la Universidad de Lille. Al otorgarle este nombramiento, el ministro de Educación le recomendó orientar sus investigaciones a los problemas de la industria local. Una de las principales industrias de esta ciudad era la producción de alcohol a partir de la fermentación de la remolacha o betabel.

En 1856 un industrial de Lille solicitó la ayuda de Pasteur para analizar algunos problemas de la producción del alcohol. En aquel tiempo se sabía muy poco acerca de la fermentación. El término se usaba para describir el proceso por el cual distintos líquidos orgánicos se transforman en sustancias espirituosas (alcohol) o ácidos, pero no se comprendía el mecanismo por el cual sucede. Así, la producción de alcohol se llamó fermentación alcohólica, la conversión del vino en vinagre fermentación acética, y la descomposición de la leche con producción de ácido fermentación láctica.

Leeuwenhoek ya había descrito las levaduras, Cagniard de la Tour había observado que la transformación de la cebada y lúpulo en cerveza sólo ocurría cuando se encontraban presentes unas pequeñas levaduras y que además éstas se reproducían por gemación, y Schwann, al estudiar las levaduras, concluyó que la fermentación del azúcar es un proceso de descomposición química llevado a cabo por las levaduras. Sin embargo, algunos grandes químicos pensaban que la participación de las levaduras en la fermentación era debida a su carácter putrescible (es decir, que se pudre con facilidad). Suponían que al descomponerse comunicaban esta propiedad a cualquier otra sustancia con la que estuviesen en contacto, y que por tanto su presencia precipitaba el proceso de fermentación.

Pronto Pasteur confirmó la naturaleza viviente de la levadura y su relación con la producción de alcohol. También demostró que los bajos rendimientos del proceso de producción de alcohol se debían a la presencia de organismos con forma de bastoncillos que vivían como parásitos en la levadura fresca, producían ácido láctico en lugar de alcohol e impedían el desarrollo normal de las levaduras. Pasteur recomendó al industrial que le había hecho la consulta que adquiriese otras levaduras "limpias" y lavase muy

La remolacha o betabel era la base de una gran industria en Europa, donde se la utilizaba para extraer azúcar y alcohol, en sustitución de la caña de las regiones cálidas.

bien todos los utensilios en los que fabricaban el alcohol.

Acababa de comprender que esos bastoncillos eran seres vivos, que se podrían reproducir en medios preparados por el hombre. Tal descubrimiento transformó su vida; a partir de entonces dedicaría todos sus esfuerzos al estudio de estos seres vivientes subvisibles.

Al poco tiempo Pasteur demostró que en la fermentación alcohólica la cantidad de alcohol producido es directamente proporcional a la de levadura; que la fermentación de la leche también es debida a organismos vivos, mucho más pequeños que la levadura, y que la producción de vinagre a partir de la película que se forma sobre el vino, que los obreros llamaban "madre del vinagre", era asimismo un proceso biológico.

Comprobó que los agentes de cualquier fermentación pueden ser aislados, transplantados a otros medios y cultivados en un ambiente adecuado. En síntesis, demostró que un germen determinado, con caracteres morfológicos propios, con exigencias alimentarias peculiares, con una vulnerabilidad especial a los agentes tóxicos y con una capacidad particular para provocar reacciones químicas, produce determinada fermentación.

Más adelante descubrió el microorganismo responsable de la fermentación butírica, al que consideró de origen animal y denominó infusorio; ahora sabemos que éste es una bacteria móvil. Además, observó con asombro que estos microorganismos mueren ante la presencia del aire y se desarrollan activamente en su ausencia. Para referirse a estos seres utilizó el término *anaerobio*, en contraposición con el de *aerobio* (seres vivos que no pueden vivir sin oxígeno).

También mostró que los problemas que afectaban la productividad de los procesos fermentativos se debían, en la mayoría de los casos, a la existencia de gérmenes ajenos que, al competir con las levaduras por los nutrientes disponibles, deterioran el producto final. Como las bacterias alteraban el vino y la cerveza, Pasteur pensó que la mejor medida era evitar su introducción al proceso; a pesar de las cuidadosas técnicas era casi imposible impedir su contaminación. Después de varias experiencias concluyó que cuando las bacterias se encontraban en las cubas de fermentación la única alternativa era matarlas. Intentó sin éxito destruir las bacterias con distintas sustancias químicas, pues sabía que el calor afectaba la calidad del vino y la cerveza. Entonces se le ocurrió someter el vino y la cerveza a un calentamiento rápido —55°C, durante tres minutos— y... ¡oh, sorpresa!, las bacterias se destruyeron sin dañar la calidad. Este proceso se conoce con el nombre de pasteurización y aún ahora se usa para la preservación del vino, la cerveza y la leche.

La destrucción del dogma de la generación espontánea

A mediados del siglo XIX el debate entre los defensores de la idea de la generación espontánea y sus detractores alcanzó un punto culminante cuando el científico francés F. A. Pouchet llevó a cabo cientos de experimentos con infusiones similares a las de Spallanzani y Schwann.

Para rebatir a quienes sostenían que los microorganismos se encontraban en el aire, preparó una infusión de heno y le añadió nitrógeno y oxígeno para formar un aire artificial. Días después, en su infusión había millones de bacterias, hongos y protozoarios.

En otro experimento, Pouchet preparó incluso el agua de la infusión a partir del calentamiento de hidrógeno en presencia de oxígeno; hirvió el agua con el heno y, de todas maneras, encontró microorganismos pocos días después. Concluyó entonces que la abiogénesis era un hecho, y que en el aire y en los líquidos orgánicos existía una "fuerza vital" que permitía la generación de criaturas vivientes y que podía ser destruida por el calor. (Recuérdese que Needham sostenía cien años antes la existencia de esa "fuerza vital o vegetativa".)

Pasteur, convencido de la existencia de los gérmenes, supuso que estos trabajos no se habían realizado en forma adecuada. Por lo tanto, repitió los experimentos de Spallanzani y Schwann con sumo cuidado y confirmó que la generación espontánea no existía; sin embargo, sus resultados no fueron suficientes.

La Real Academia Francesa de Ciencias no sabía si darle la razón a Pouchet o a Pasteur. Ante ese dilema, decidió premiar el mejor ensayo sobre la generación espontánea. Los amigos de Pasteur trataron de convencerlo de que no participara, pues pensaban que un fracaso sería terrible para su futuro científico, pero Pasteur no cedió. Ideó numerosos y complicados experimentos. Por ejemplo, rellenó de algodón delgados tubos de vidrio, los colocó en una ventana abierta y los conectó por un codo a una bomba aspirante; después, con ayuda de la bomba aspiró una gran cantidad de aire y contó los microbios retenidos por el algodón.

En otra experiencia preparó gran cantidad de matraces con infusiones de levadura de cerveza y azúcar, las hizo hervir y selló sus bocas con fuego. Luego, con pinzas flameadas, abrió los cuellos de los matraces previamente desinfectados con alcohol. Algunos matraces se abrieron en lugares céntricos de París; otros, en la cima del Monte Blanco, en los Alpes, donde suponía que casi no habría gérmenes por la pureza del aire. Después de exponerlos un rato al aire, se sellaron nuevamente los matraces y se incubaron más tarde en una estufa. Los resultados fueron asombrosos. Efectivamente, de veinte matraces abiertos en la cima del Monte Blanco, sólo en uno había gérmenes, mientras todos los abiertos en la calle mostraban crecimiento de microorganismos.

Preparó también infusiones de levadura y azúcar, que cubrió con tapones de algodón. No se contaminaron, pero al tomar un pedacito del algodón por el lado expuesto al aire y depositarlo en la infusión, en poco tiempo se obtenía crecimiento de microbios.

Uno de los experimentos más interesantes se realizó con

Veinte matraces de los experimentos de Pasteur se abrieron en la cima del Monte Blanco, en los Alpes.

balones —matraces de bola— cuyos cuellos se habían alargado, curvado y adelgazado por medio del calor. (Por su forma se llamaron matraces con cuello de cisne.) Pasteur puso en ellos agua con levadura de cerveza y la sometió a ebullición. El vapor que salía por el delgado cuello lo esterilizaba en todo el trayecto. Los matraces se dejaron enfriar y se conservaron sin tapa. Ninguno mostró crecimiento microbiano. Esto se debía a que al enfriarse y condensarse el vapor se hacía vacío, y el aire entraba por la boca del tubo pero las partículas se sedimentaban a lo largo del cuello y no llegaban a la infusión. Fue fácil comprobar que en el cuello estaban las partículas: bastó con inclinar el balón y dejar que el líquido se desplazara hasta la mitad o un poco más del cuello, regresarlo a su posición original y esperar. A los pocos días contenía muchos gérmenes, mientras que los balones que no se habían movido permanecían estériles.

Pasteur publicó en 1860 su *Memoria sobre los corpúsculos organizados que se encuentran en la atmósfera*, que fue una obra maestra de lógica, donde con rigor y meticulosidad describió todos sus experimentos.

En 1862 la Academia de Ciencias otorgó a Pasteur el premio Alhumbert por su trabajo. Sus enemigos no quedaron conformes y refutaron sus experimentos, por lo que la academia nombró una comisión que, después de analizar todos los trabajos de Pouchet y Pasteur, decidió que la validez científica estaba de parte de este último. Con tal decisión se desintegró formalmente el paradigma de la generación espontánea.

Es importante señalar que, analizados retrospectivamente, los experimentos de Pouchet estaban bien planteados y realizados. Lo que no sabían él ni Pasteur, ni la Academia de Ciencias, es que en el heno existen esporas de distintas bacterias y hongos que son muy difíciles de destruir, incluso con el calor. Pouchet trabajaba con heno y éste tenía esporas. Pasteur experimentaba con levadura de cerveza, y la levadura no tenía esporas. De ahí que en la confrontación entre estos dos grandes científicos triunfara Pasteur.

El último golpe al moribundo dogma de la generación espontánea fue la demostración del brillante físico John Tyndall, quien constató que en el aire se encontraban partículas de polvo; en un cuarto oscuro, a través de un pequeño orificio, hacía pasar un rayo de luz y observaba a todo su largo millones de pequeñas partículas en movimiento. Después construyó una cámara oscura y barnizó su interior con glicerina; luego de varios días, todas las partículas se sedimentaban en el fondo de la cámara, por lo tanto no se observaban partículas cuando el rayo de luz pasaba a través del orificio. Tyndall llamó al aire que llenaba la cámara "ópticamente vacío", y demostró que en la cámara cualquier líquido orgánico estéril permanecía sin contaminarse durante meses; es decir, se conservaba estéril. El experimento fue concluyente. El aire no se había calentado, por lo cual su fuerza vital no podía haberse destruido.

Las enfermedades del gusano de seda

Pasteur regresó a sus estudios sobre el vino. Analizó el proceso de vinificación, de añejamiento, así como las enfermedades del vino, produciendo conocimientos que al mismo tiempo que mejoraron las técnicas vinícola y cervecera permitieron disminuir las "enfermedades del vino y la cerveza". Perfeccionó las técnicas higiénicas que impedían la introducción de microorganismos (pasteurización). Asimismo, destruyó las bacterias que acidificaban o descomponían estas bebidas.

Hubiera continuado durante mucho tiempo este tipo de estudios, pero uno de sus más estimados maestros, Jean Baptiste Dumas, le suplicó que investigase sobre una enfermedad del gusano de seda que devastaba los criaderos franceses y hundía en la miseria a regiones completas de sericultores. Nada sabía Pasteur del gusano de seda; sin embargo le resultó imposible rehusar la petición de su querido maestro, y se trasladó a Allais, pueblo sericultor del sur de Francia.

La producción e industrialización de la seda era la principal fuente de ingresos de miles de productores franceses.

Tiempo atrás, en 1836, Agustino Bassi había publicado un libro sobre una enfermedad de los gusanos de seda; en él hablaba del agente de la enfermedad (un hongo), y demostró que la enfermedad era infecciosa y podía transmitirse por inoculación, por contacto y por la ingestión de alimento infectado. A pesar de esta teoría, Pasteur no llegó a la región afectada con el prejuicio de que se trataba de una enfermedad infecciosa. Hizo muchos experimentos, fracasó varias veces, pero después de cinco años de arduos trabajos concluyó que las enfermedades que afectaban a los gusanos eran dos, la pebrina y la *flacherie*. Ahora sabemos que la pebrina es producida por un protozoario que invade los tejidos de la larva y destruye a las células invadidas, y que se caracteriza por la aparición de manchitas cafés en todo el cuerpo del gusano. El gusano enfermo no crece y da un rendimiento insignificante; al examinarlos con el microscopio se veía que los gusanos muertos tenían unos corpúsculos cuya cantidad se relacionaba con la gravedad de la enfermedad. La *flacherie* (flaccidez) se evidenciaba a partir de la cuarta muda; los gusanos dejaban de alimentarse, sus cuerpos se tornaban blandos y se pudrían (un virus y una bacteria producen esta enfermedad).

Aunque Pasteur no aisló a los microorganismos causantes de estas dos enfermedades, estableció medidas de control que salvaron a la industria de la seda de una catástrofe Entre ellas recomendaba analizar microscópicamente a la mariposa después de la postura; en caso de encontrar corpúsculos en ella, descartar todos los huevos. Jamás usar para la postura de huevecillos crías provenientes de un lote en el que se hubiera detectado algún gusano con comportamiento distinto al de la generalidad (perezoso o lánguido), desde la cuarta muda. Descartar la postura de mariposas que tuvieran bacterias en su tracto intestinal. Evitar el calor o humedad excesivos, y ventilar en forma adecuada los espacios de cría.

A pesar de las opiniones en contra, los métodos recomendados por Pasteur se impusieron en forma paulatina y la industria francesa de la seda recuperó su esplendor.

Para Pasteur esta experiencia fue muy provechosa; de hecho todos sus estudios posteriores sobre las enfermedades infecciosas se basaron en las observaciones, experimentos o conclusiones acumuladas en este periodo.

Un aspecto muy relevante de la personalidad de Pasteur se puede poner de manifiesto si recordamos que, en 1868, el sabio se enfrentó en forma personal a la enfermedad. Se encontraba en pleno proceso de rescate de la sericultura cuando sufrió una hemorragia cerebral que lo puso a las puertas de la muerte y le ocasionó una parálisis permanente del brazo y la pierna izquierdos. En cuanto se inició su recuperación regresó nuevamente a sus estudios del gusano de seda, en contra de los consejos de médicos y familiares. El problema de parálisis acompañó a Pasteur los últimos 30 años de su vida. Ésta es una demostración de su férrea voluntad, de su devoción por el trabajo científico y por la humanidad.

La teoría microbiana de la enfermedad

El descubrimiento de las bacterias como agente de enfermedades en los animales y el hombre se fundamentó en los estudios del ántrax o carbunco. El ántrax es una infección de los animales domésticos, especialmente cabras, carneros y ganado vacuno, que en algunas ocasiones puede transmitirse al hombre. Se presenta en dos formas: pulmonar y cutánea (en la piel). La forma de ántrax más frecuente en el hombre es la variedad cutánea, que también se denomina pústula maligna. Se adquiere cuando hay una pequeña lesión o escoriación que se infecta con el bacilo proveniente de animales enfermos. La lesión primaria es una pequeña pápula (elevación) que aumenta rápidamente de tamaño, se ulcera y se cubre con una costra negra circunscrita por un área de inflamación intensa. La lesión se extiende en la piel y penetra en los tejidos, y el germen puede penetrar a la corriente sanguínea produciendo la muerte del individuo. En la forma pulmonar el microorganismo penetra por inhalación de polvo con esporas. El cuadro pulmonar es muy grave, frecuentemente se complica con meningitis, y muchas veces es mortal.

En el desarrollo de la teoría microbiana de la enfermedad Pasteur no estuvo solo; también Robert Koch, joven microbiólogo alemán, hizo extraordinarias aportaciones que, unidas a los trabajos de Pasteur, establecieron el origen microbiano de las enfermedades contagiosas.

Los primeros trabajos científicos sobre esta teoría los desarrolló Joseph Davaine, un patólogo francés que observó la constante presencia de diminutos bastoncillos en la sangre de los animales muertos por el ántrax; en cambio jamás se encontraron en la sangre de los animales sanos. Davaine demostró también que la enfermedad podía transmitirse a animales sanos por inoculación de sangre que contenía dichos bastoncillos.

Koch mostró en forma concluyente que esos bastoncillos eran la causa de la enfermedad, al transferirla a lotes sucesivos de animales. En cada transferencia conseguía reproducir la enfermedad. Después logró aislar y cultivar los bastoncillos en suero normal y reproducir la enfermedad mediante la inoculación de las bacterias cultivadas, que posteriormente reaisló de los animales infectados en el experimento.

En este trabajo se fundamentaron los criterios para establecer una relación causal entre un microorganismo específico y una enfermedad determinada. Estos criterios, que se conocen como "Postulados de Koch", son:

1) El microorganismo debe estar presente en todos los casos de la enfermedad.

2) El microorganismo debe aislarse del individuo enfermo, y cultivarse en el laboratorio.

3) La enfermedad específica debe reproducirse cuando un cultivo puro se administre a un individuo susceptible.

4) El microorganismo debe recuperarse del sujeto infectado experimentalmente.

Koch realizó además otros experimentos que sustentaron la teoría de la especificidad biológica de los agentes infecciosos, es decir, demostró que "sólo una clase de bacilos es capaz de producir un proceso infeccioso específico; otras bacterias no producirían la enfermedad o causarían una distinta".

Más o menos al mismo tiempo, Pasteur y un colaborador suyo, Joubert, ignorantes del trabajo de Koch, emprendieron el estudio del ántrax. Sus trabajos contribuyeron a las conclusiones de Koch, y aportaron datos adicionales para demostrar que ese bacilo, y no otro, era la causa específica del ántrax.

Mientras efectuaba estos estudios, aisló otro microorganismo que producía septicemia en animales, al que denominó vibrión séptico (hoy *Clostridium septicum*); demostró que era un organismo anaeróbico y explicó su sobrevivencia en la naturaleza por medio de sus esporas.

También aisló y demostró que un germen esférico con tendencia a agruparse en racimos (estafilococo), era el causante de la forunculosis y de la ostiomielitis, y que otro germen esférico que se agrupa en cadenas (estreptococo) era el agente de la fiebre puerperal.

Este último hallazgo permitió confirmar las suposiciones de un brillante médico húngaro, Phillipp Semmelweis, quien en 1861 observó que la mortalidad era muy alta en las clínicas de maternidad donde los estudiantes de medicina atendían a las parturientas después de realizar autopsias. En una ocasión Semmelweis asistió a la autopsia de un médico que murió a consecuencia de un proceso infeccioso posterior a una herida sufrida durante una autopsia. Observó la similitud entre las alteraciones sufridas por los órganos de este médico y los de las mujeres que morían de fiebre puerperal, y concluyó que esta enfermedad era contagiosa. De inmediato instituyó ciertas prácticas higiénicas, tales como el lavado escrupuloso de las manos de médicos y enfermeras antes de atender a los pacientes, y la limpieza exhaustiva de los cuartos. La mortalidad se redujo drásticamente, pero a pesar de ello estas ideas no tuvieron aceptación sino hasta que Pasteur demostró la existencia del microorganismo que producía (y produce) esta enfermedad.

Otros hallazgos relevantes fueron el descubrimiento de los gérmenes del cólera de las gallinas y de la erisipela de los cerdos, y la demostración de la naturaleza infecciosa de la pleuroneumonía del ganado vacuno. Estos estudios, sumados a los de Koch sobre el ántrax y la tuberculosis, confirmaron en forma definitiva la teoría microbiana de la enfermedad.

En toda la historia de la humanidad, la aparición de conceptos nuevos induce dos clases de respuestas. Puede ocurrir que se acepten de inmediato o que se cuestionen durante mucho tiempo. Esto último pasó durante casi doscientos años con la teoría microbiana de las fermentaciones y la putrefacción. En cambio, cuando Pasteur por una parte y Koch por otra propusieron la teoría microbiana de las enfermedades infecciosas, el terreno se encontraba suficientemente abonado para que las sociedades científicas y el hombre de la calle aceptasen los nuevos conocimientos. Los trabajos de estos dos investigadores fueron como una chispa que desencadenó una intensa explosión. Durante los 20 o 25 años posteriores al nacimiento de esta teoría se aisló y caracterizó la mayoría de las bacterias patógenas para el hombre y los animales.

El microbio que mata es el mismo que cura. La vacunación

Se dice que la diferencia entre un hombre común y un genio es que este último sabe ver la verdad donde otro no ve más que apariencias.

Muchos sostienen que la fortuna siempre estuvo a favor de Pasteur. ¿Pero cómo no iba a estarlo, si Pasteur se entre-

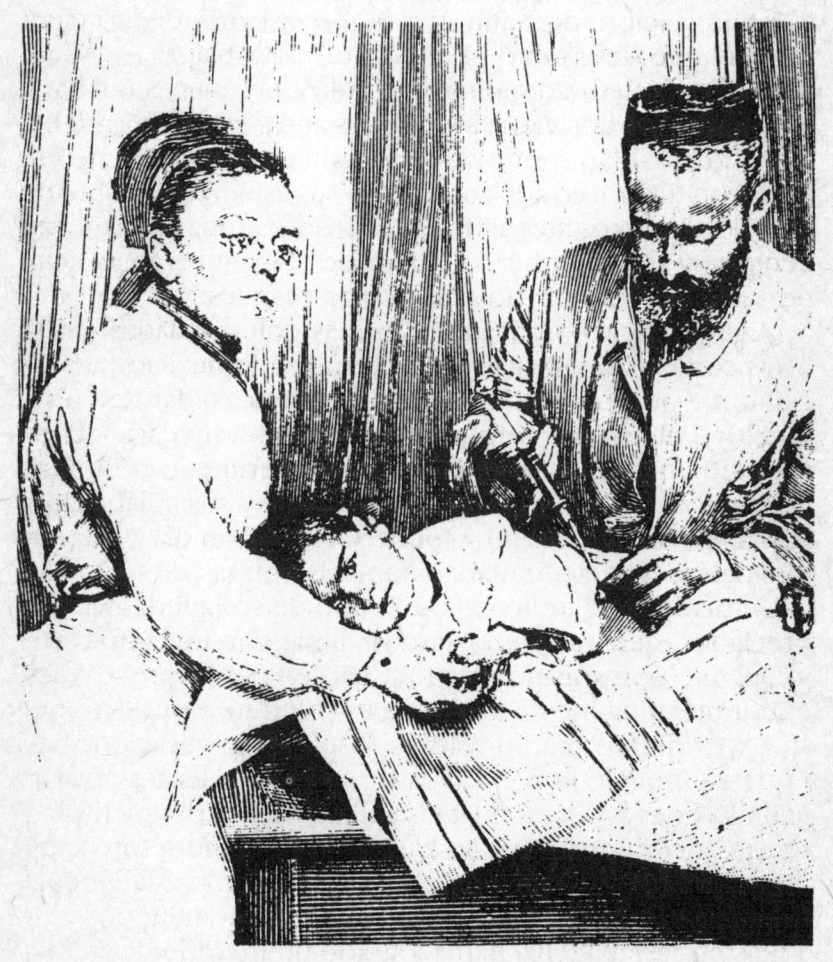
Con sus experimentos Pasteur sentó las bases científicas de la vacunación.

gaba con pasión infinita al trabajo, a la búsqueda de respuestas para las interrogantes que cada día se abrían ante él como inescrutables laberintos? Sí, la fortuna estuvo con él, con su mente ágil y maravillosa, en el camino de la ciencia de la inmunización, pero fue su asombrosa clarividencia científica la que determinó el éxito de sus trabajos.

Un día, Pasteur administró un cultivo virulento del bacilo del ántrax a dos vacas inoculadas antes con el mismo bacilo y que habían sobrevivido a la infección, y éstas no enfermaron. De ahí en adelante centró sus esfuerzos en obtener microorganismos atenuados para producir una enfermedad benigna, y así inmunizar a los animales. Sin embargo, el tiempo pasaba y Pasteur no encontraba respuesta.

Mientras tanto, trabajaba con más enfermedades, entre otras con el cólera aviar (una enfermedad que atacaba a las gallinas y producía mortandades gigantescas). Pasteur aisló y cultivó el germen responsable de la enfermedad, y la reprodujo en cientos de animales de experimentación. Fueron tantos los experimentos que Pasteur y sus colaboradores, Roux, Chamberland y Joubert, realizaban día a día, que los matraces se acumulaban sobre las mesas de trabajo.

Un día Pasteur indicó a Roux, uno de sus ayudantes más preciados, que inoculara veinte gallinas con un cultivo viejo del microorganismo aislado. Cuál sería su sorpresa al descubrir que ninguno de los animales enfermó. Consideró que su experimento era un fracaso y se fue de vacaciones. Al regreso, inoculó con cultivos frescos y virulentos a varias gallinas nuevas y a las mismas gallinas del experimento anterior, encontrando que las gallinas nuevas murieron de cólera, en tanto que las que habían sobrevivido a la inoculación con el cultivo viejo cacareaban alegremente.

Pasteur estaba feliz: había logrado un método de atenuación de la virulencia que le permitía producir una enfermedad leve e inmunizar así a los animales. A la dosis empleada para inmunizar la denominó vacuna, en honor a Jenner, quien descubrió en 1786 el procedimiento para prevenir la viruela. Jenner había observado que los empleados que trabajaban en los establos y contraían la viruela de las vacas no eran susceptibles a la viruela humana. Extrajo la linfa de las pústulas de vacas que tenían esta enfermedad y la inoculó a individuos sanos, consiguiendo inmunizarlos con gran eficacia. Repitió hasta el cansancio estos experimentos e inició la búsqueda de otras vacunas.

Intentó atenuar por envejecimiento los bacilos del ántrax y lo consiguió. Es célebre la demostración pública de los efectos de la vacunación que se llevó a cabo en la granja de Pouilly le Fort. Vacunó, frente a la Sociedad Agrícola de Melún, 24 ovejas, una cabra y varias vacas. Otros tantos animales participarían en el experimento como ejemplares de control, sin vacunar.

Al cabo de 12 días todos los animales recibieron dosis mortales de bacilos del ántrax virulento. Dos días después, una inmensa muchedumbre acudió a constatar los resultados de la vacunación. Pasteur y sus colaboradores recibieron una ovación imponente. Todos los animales vacunados se encontraban en perfectas condiciones de salud; en tanto, los animales no vacunados habían muerto o estaban a punto de morir.

Su procedimiento de inmunización se extendió por el mundo; Pasteur preparaba con sus ayudantes miles de dosis de vacuna. Tuvo fracasos, pero tantos fueron los éxitos que las mayorías se convencieron. Un día, cuando fue elegido miembro de la Academia Francesa, Ernest Renan, el científico que durante largo tiempo había dudado de su trabajo, lo recibió con grandes elogios y terminó con un amable consejo: "La verdad es una gran coqueta; no hay que buscarla con demasiada pasión, pues con frecuencia se rinde más bien a la indiferencia. Se escapa cuando parece que la tenemos presa, pero se entrega si la esperamos pacientemente; se revela por sí misma después de habernos despedido de ella, pero es inexorable cuando se la ama con excesivo fervor."

A pesar de tan sabio consejo, Pasteur se lanzó, con toda la pasión de su temerario carácter, a la mayor de sus aventuras, la vacunación contra la rabia. Primero trató de demostrar que la rabia es una enfermedad infecciosa, lo que logró de la siguiente manera: tomó saliva de un niño enfermo y la inoculó a un conejo; tal como lo pensaba, el conejo desarrolló la rabia. Casi inmediatamente, Pasteur describió el que creía era el agente de la rabia. "Un bastoncillo extremadamente corto, algo estrecho en el centro, es decir, en forma de 8, rodeado de una aureola consistente en una sustancia mucosa." En poco tiempo comprobó que estaba equivocado. Aisló el microorganismo (ahora conocido como neumococo) y observó que mucha gente lo portaba y no tenía rabia, y que no existía en muchos animales y personas muertos de rabia.

Fracasó en el intento de aislar otro germen que fuera el responsable de esta enfermedad. Trató de reproducir la enfermedad en animales de laboratorio mediante la inoculación de saliva proveniente de animales enfermos, pero unas veces tenía éxito y otras no. Trató de cultivar el germen en tejido nervioso y no lo consiguió; desesperado, concluyó que los síntomas generales de la rabia sugerían que la enfermedad atacaba el sistema nervioso; por lo tanto la única manera de transmitirla en forma experimental era inoculando la saliva de animales rabiosos directamente en el cerebro de un animal sano, procedimiento que le pareció imposible de realizar y cruel en extremo. Sus colaboradores trataron de convencerlo para que lo intentara, pero se rehusó. En ausencia de Pasteur uno de sus colaboradores lo llevó a cabo. Trepanó el cerebro de un perro e inoculó una pequeña cantidad de saliva procedente de otro perro recién fallecido por la enfermedad. Catorce días más tarde, el animal mostró los síntomas de la rabia. Muchas veces repitieron el experimento, encontrando siempre los mismos resultados.

Es impresionante imaginar a este grupo de jóvenes médicos invitados por Pasteur a enfrentarse con un germen virulento, mortal e invisible, que seguían adelante a pesar de los fracasos.

Después vinieron cientos de experimentos distintos, orientados a la atenuación del germen. También llegaron cientos de fracasos que empezaron a debilitar la fe de los ayudantes de Pasteur. Un día, este genio de la ciencia concibió un experimento desesperado: tomó un fragmento de la médula espinal de un animal recién muerto de rabia y lo puso a secar en un matraz estéril; esperó 14 días e inoculó el tejido en el cerebro de perros sanos. Éstos no murieron, ni siquiera enfermaron. Pasteur y su grupo se llenaron de esperanza. Tomaron nuevos fragmentos de médula y los pusieron a secar durante periodos distintos: 14, 13, 12, 10, 8, 6 y 4 días. Pasteur consideraba que así obtendría fragmentos con virulencia distinta (menor en los fragmentos de 14 días y mayor a medida que tenían menos días de secado). Esperaron varias semanas y al observar que los animales conservaban su salud, se lanzaron a la prueba definitiva: inocularon saliva de un animal rabioso, por medio de trepanación, en dos animales vacunados y en dos sanos. Dos semanas más tarde, embriagados de emoción, veían morir de rabia a los dos animales no inmunizados, mientras que los otros dos, que habían recibido las vacunaciones, seguían sanos: estaban inmunizados.

El siguiente paso consistió en estudiar las posibles respuestas en animales mordidos antes de la vacunación. Los resultados fueron positivos. Debido a que entre la mordedura por un animal rabioso y la aparición de los primeros síntomas de la rabia transcurre un lapso de varias semanas, la aplicación de vacunas de "virulencia creciente" consigue inmunizar a las víctimas.

De inmediato llegaron solicitudes a Pasteur para aplicar la vacuna en seres humanos mordidos por perros rabiosos. Pasteur titubeaba e incluso pensaba en experimentar su vacuna en él mismo, antes de aplicarla a otros hombres.

En vez de continuar con el relato de esta apasionante etapa en la vida de Pasteur y de sus primeras experiencias en humanos, remitimos al lector al texto del propio investigador (página 45), que constituye una muestra de la extraordinaria claridad y amenidad con que exponía y sustentaba sus hallazgos científicos.

Después de haber tenido éxitos formidables en la prevención de la rabia, Pasteur arriesgó toda su trayectoria y futuro científico al aplicar sus vacunas a una niña que había recibido mordeduras en la cabeza 37 días antes. Estaba seguro de que era demasiado tarde pero, incapaz de resistir a las súplicas de los padres, comenzó el tratamiento a sabiendas de que no había esperanzas para la niña. Los primeros síntomas de la rabia aparecieron a los 11 días y la niña murió.

Los enemigos de Pasteur hicieron un escándalo mayúsculo con el fin de impedir que continuase con sus experimentos en humanos. A pesar de ello prosiguió sus trabajos y un año más tarde informó a las sociedades científicas resultados que confirmaron en forma definitiva la utilidad de su método. Durante un periodo de 12 meses aplicó a 1 726 franceses mordidos por animales rabiosos su sistema de vacunación, y sólo obtuvo 10 fracasos. Antes de que se iniciara el uso de la vacuna antirrábica la mortalidad por mordeduras de animales hidrofóbicos superaba el 60%.

En 1887 la Academia de Ciencias de París pidió a Pasteur que ocupara el puesto de secretario perpetuo de la institución. Desgraciadamente la salud de este extraordinario científico se encontraba muy deteriorada y tuvo que renunciar al cargo pocos meses después. Los impresionantes resultados obtenidos en el tratamiento de la rabia provocaron una respuesta mundial a los trabajos de Pasteur, que concluyeron con la creación del instituto que desde 1888 lleva su nombre. El sabio tuvo la oportunidad de ver realizado uno de sus mayores sueños: que científicos reconocidos y dedicados en cuerpo y alma a trabajar por el bienestar de la humanidad pudiesen contar con los espacios, el equipo y el apoyo que se requerían para lograr avances.

El 28 de septiembre de 1895 Louis Pasteur, el estratega más audaz y apasionado que haya conocido la historia de las ciencias biológicas, murió rodeado de su familia, sus amigos, y varios de los científicos que se formaron a su lado.

Textos de Pasteur

Animalículos infusorios viven sin oxígeno libre y determinan las fermentaciones

Pasteur usa el nombre *infusorio* para referirse a los organismos microscópicos con movimiento, dado que esta propiedad es considerada exclusiva de los animales.

Sabemos cuán variados productos se forman durante la fermentación denominada láctica. Ácido láctico, una goma, manitol, ácido butírico, alcohol, dióxido de carbono e hidrógeno aparecen simultáneamente o en sucesión, en proporciones variadas y caprichosas. Gradualmente he llegado a reconocer que el fermento que transforma el azúcar en ácido láctico es diferente de aquel o aquellos (dado que hay dos) que controlan la producción de la sustancia gomosa y que éstos últimos dos fermentos, por su parte, no producen ácido láctico. También he comprobado que los tres fermentos mencionados no producen bajo ninguna circunstancia ácido butírico...

Luego debe existir un fermento específico del ácido butírico.

No entraré en detalles de esta investigación. Me limitaré a establecer en primer lugar una de las conclusiones de mi trabajo: *El fermento del ácido butírico es un infusorio.*

Este infusorio lleva hoy el nombre de *Clostridium butyricum*.

Yo sospechaba esto desde el principio; sin embargo traté de excluir a estos pequeños animales porque podrían ser el alimento de algún fermento vegetal desconocido que yo trataba de encontrar en el líquido que estaba usando. Pero estaba impresionado por la constante relación entre la presencia del ácido butírico y el infusorio, circunstancia que en un principio atribuí al valor nutritivo del ácido butírico para los animalículos.

Posteriormente, mis numerosas pruebas me convencieron de que la transformación del azúcar, el manitol y el ácido láctico en ácido butírico se debe exclusivamente a este infusorio; luego, debe considerárselo el verdadero fermento del ácido butírico.

Éstos son pequeños bacilos cilíndricos, redondeados en sus extremidades, normalmente rectos, aislados o agrupados en cadenas de dos, tres,

Pasteur en su laboratorio.

cuatro u ocasionalmente más segmentos. Su grosor promedio es de 0.002 mm. La longitud de los segmentos aislados varía de 0.002 mm a 0.015 o 0.02 mm. Estos infusorios se mueven por deslizamiento. Se los puede sembrar como uno sembraría la levadura de cerveza. Se multiplican si el medio es adecuado para su nutrición, pero sorpresivamente pueden crecer en un líquido que contiene sólo azúcar, amonio y fosfatos, todas las cuales son sustancias que pueden ser cristalizadas y que son casi minerales. Su reproducción se correlaciona claramente con la fermentación butírica. El peso de los infusorios obtenidos es ponderable, aunque siempre pequeño comparado con la cantidad de ácido butírico producida.

La existencia de infusorios que tienen las características de los fermentos es un hecho que merece atención, pero una característica aún más interesante es que estos infusorios-animalículos viven y se multiplican indefinidamente en ausencia de aire u oxígeno libre.

Sería muy tedioso relatar cómo se eliminaron del medio de cultivo todas las trazas de oxígeno. Sólo agre-

Mientras Pasteur observaba al microscopio una gota llena de infusorios, se dio cuenta de que los microorganismos que se encontraban en la orilla de la gota permanecían inmóviles, en tanto los que estaban en el centro se agitaban enérgicamente. Esto le hizo pensar que el oxígeno podría dañarlos. Hizo distintos experimentos y comprobó que los infusorios se desarrollaban en ausencia de oxígeno. Propuso las palabras *aerobio* para referirse a los seres que requieren aire para vivir y *anaerobio* para los organismos que no lo requieren y a los que incluso el oxígeno mata.

garé que varios miembros de la academia atestiguaron y verificaron la validez de los experimentos.

Estos infusorios no sólo viven sin aire, sino que el aire los mata. Su crecimiento y reproducción no son afectados si uno les pasa durante cualquier periodo una corriente de dióxido de carbono puro a través del medio de cultivo. Si por el contrario se sustituye, sólo por una o dos horas, el dióxido de carbono por aire atmosférico, el infusorio muere y la fermentación butírica cesa.

Llegamos así a una doble proposición:

1) El fermento del ácido butírico es un infusorio, y

2) este infusorio vive sin oxígeno libre.

Estamos frente al primer ejemplo conocido de un fermento animal, y también de la vida animal en ausencia de oxígeno.

Memoria sobre los corpúsculos organizados que existen en la atmósfera

Examen de la doctrina de la generación espontánea

Los químicos descubrieron hace veinte años un conjunto de fenómenos verdaderamente extraordinarios, designados bajo el nombre genérico de *fermentaciones*. Todos estos fenómenos exigen el concurso de dos materias: una llamada *fermentable*, tal como el azúcar, y otra *azoada*, que es siempre una sustancia albuminoide. Ahora bien, he aquí la teoría aceptada universalmente: las materias albuminoides sufren, cuando se exponen al contacto del aire, una alteración, una oxidación particular de naturaleza desconocida, que les da el carácter de *fermento*, es decir, la propiedad de obrar después, por contacto, sobre las sustancias fermentables.

La fermentación, de la que según la Biblia fue inventor Noé, existía en realidad desde mucho antes. Pasteur fue el primero que se ocupó de ese fenómeno en términos rigurosamente científicos.

Existía un fermento, el más antiguo, el más notable de todos, que se sabía era organizado: la levadura de cerveza. Pero como en todas las fermentaciones descubiertas después de conocerse la organización de la levadura de cerveza (1836), no se había podido descubrir la existencia de seres organizados, incluso buscándolos con cuidado, los científicos habían abandonado poco a poco, algunos muy a su pesar, la hipótesis de Cagniard de la Tour de una relación probable entre la organización de ese fermento y su propiedad de *ser f*ermento. Por ello se aplicaba a la levadura de cerveza la teoría general diciendo: "No es porque sea organizada por lo que la levadura de cerveza es activa; lo es porque ha estado en contacto con el aire. Es la porción muerta de la levadura, la que ha vivido y está en vía de alteración, la que obra sobre el azúcar."

Mis estudios me llevaron a conclusiones completamente diferentes. Comprobé que todas las fermentaciones propiamente dichas coincidían siempre con la presencia y la multiplicación de los seres organizados. Y lejos de que la organiza-

Cagniard de la Tour demostró en 1836 que la levadura de cerveza consistía en pequeños glóbulos esféricos que se multiplicaban por gemación. Schwann aportó datos importantes sobre la naturaleza viviente de la levadura de cerveza y su posible relación con los fenómenos de putrefacción y fermentación.

ción de la levadura de cerveza fuese una objeción para la teoría de la fermentación, era por eso mismo por lo que entraba en la ley común. En mi opinión, las materias albuminoideas no fueron nunca fermentos, sino el alimento de los fermentos. Los verdaderos fermentos son seres organizados. Se sabe que nacen por el contacto del oxígeno con las materias organizadas. Entonces, una de dos: si los fermentos son seres organizados y el oxígeno solo, en tanto oxígeno, les da nacimiento al entrar en contacto con las materias azoadas, estos fermentos son generaciones espontáneas. Si estos fermentos no son seres espontáneos, no es el oxígeno en tanto oxígeno el que determina su formación, sino que actúa como excitante de un germen aportado al mismo tiempo que él o que existe en las materias azoadas o fermentables.

En el punto en que me encontraba de mis estudios sobre las fermentaciones debía, pues, formarme una opinión sobre la cuestión de la generación espontánea. Encontraría allí un arma poderosa en favor de mis ideas sobre las fermentaciones propiamente dichas.

> Materias que contienen "azoe", antiguo nombre del nitrógeno.

Las indagaciones de las que voy a dar cuenta ahora no han sido, por consiguiente, sino una digresión obligada de mis estudios sobre las fermentaciones. Es así como fui llevado a ocuparme de un asunto que hasta entonces no había ejercitado más que la sagacidad de los naturalistas.

Examen al microscopio de las partículas sólidas diseminadas en el aire atmosférico

Mi primer cuidado fue buscar un método que me permitiese recoger en toda estación las partículas sólidas que flotan en el aire, y estudiarlas al microscopio. Era preciso dedicarse desde el primer momento a disipar, si era posible, las objeciones que los partidarios de la generación espontánea oponen a la antigua hipótesis de la diseminación aérea de los gérmenes.

Cuando han sido calentadas las materias orgánicas de las infusiones, éstas se pueblan de infusorios o de mohos. Estas producciones organizadas no son, en general, ni tan numerosas ni tan variadas como si no

Los mohos son hongos microscópicos que suelen formar colonias visibles como las que pueden observarse en el pan viejo.

se hubiesen sometido previamente esos licores a la ebullición, pero se forman siempre. Ahora bien, sus gérmenes, en esas condiciones, no pueden venir más que del aire, porque la ebullición destruye los que los recipientes o las materias de la infusión han traído al licor. Las primeras cuestiones experimentales a resolver son, pues, éstas: ¿Hay gérmenes en el aire? ¿Los hay en número suficiente para explicar la aparición de las producciones organizadas de las infusiones que han sido calentadas previamente? ¿Es posible formarse una idea aproximada de la relación existente entre un volumen determinado de aire ordinario y el número de gérmenes que puede contener ese volumen de aire?

El procedimiento que empleé para recoger el polvo suspendido en el aire y examinarlo al microscopio es de una gran sencillez; consiste en filtrar un volumen de aire determinado a través de algodón pólvora, soluble en una mezcla de alcohol y de éter. Las fibras del algodón detienen las partículas sólidas. Se trata entonces el algodón con su disolvente. Después de un reposo suficientemente prolongado, todas las partículas sólidas caen al fondo del licor; se las somete a algunos lavados, y luego se las deposita sobre el portaobjetos del microscopio, en el que su estudio resulta fácil.

Voy a entrar en los detalles de la experiencia: FF (p. 59) es un bastidor de ventana, en el que había practicado a una distancia de varios metros del suelo una abertura que daba paso al tubo de cristal T. Este tubo no tenía en mis experiencias más que medio centímetro de diámetro. En *a* se encuentra un taco de algodón soluble, con una longitud aproximada de un centímetro, retenido mediante una espiral de hilo de platino. El aire, que corrientemente era aspirado del lado de la calle de Ulm o del lado de la Escuela Normal, era atraído por el aspirador R. Éste es un tubo de latón en forma de T, en el que corre constantemente agua que, por succión, arrastra el aire del tubo *mn*, un poco encorvado en su extremidad *n*, como indica la figura en cuestión. El tubo *mn* comunica por otra parte, mediante un tubo de goma, con el tubo T que contiene el taco de algodón soluble. Si se quiere determinar el volumen de aire arrastrado por la corriente

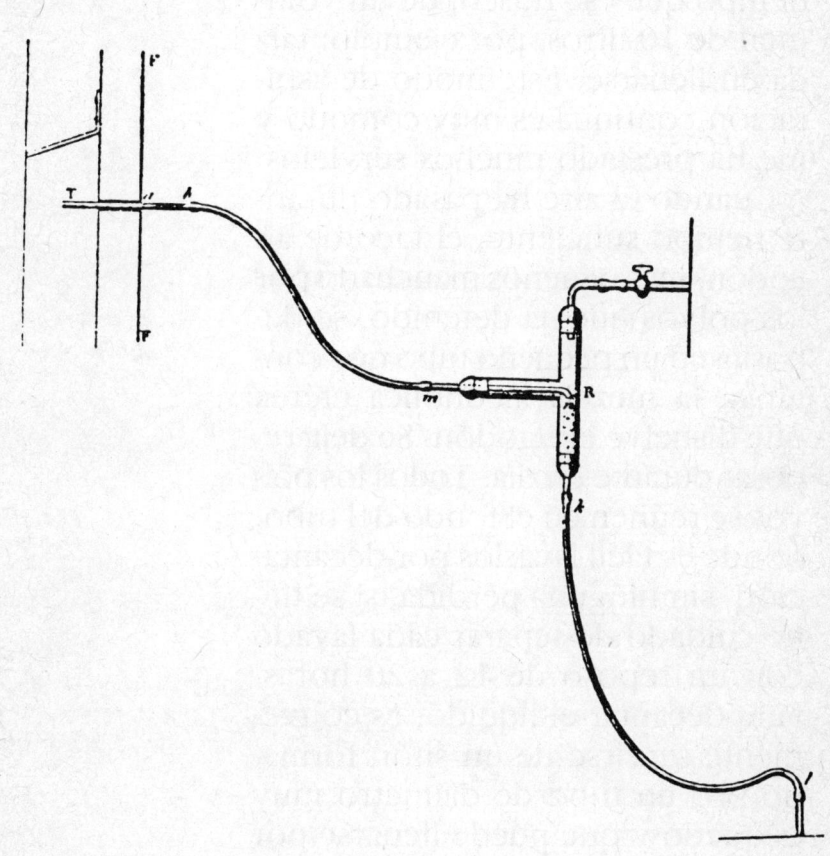

de agua, basta enganchar la extremidad l del tubo kl debajo de un gran frasco invertido lleno de agua, medida de antemano, y medir el tiempo que ese frasco, de un volumen de 10 litros, por ejemplo, tarda en llenarse. Este modo de aspiración continua es muy cómodo y me ha prestado muchos servicios.

Cuando el aire ha pasado durante tiempo suficiente, el taco de algodón, más o menos manchado por los polvos que ha detenido, se deposita en un pequeño tubo que contenga la mezcla alcohólica etérea que disuelve el algodón. Se deja reposar durante un día. Todos los polvos se reúnen en el fondo del tubo, donde es fácil lavarlos por decantación, sin ninguna pérdida, si se tiene cuidado de separar cada lavado con un reposo de 12 a 20 horas. Para decantar el líquido, es conveniente servirse de un sifón formado por un tubo de diámetro muy pequeño y que puede llenarse por aspiración.

Cuando se han lavado suficientemente los polvos, se los reúne en un vidrio de reloj donde el resto del líquido que los baña se evapora rápidamente; entonces se los deslíe en un poco de agua y se los examina al microscopio.

Se pueden emplear, según los métodos corrientes, diferentes reactivos: el agua de yodo, la potasa, el ácido sulfúrico, las materias colorantes, permiten descubrir que hay constantemente en el aire común un número variable de corpúsculos, cuya forma y estructura denotan que son organizados. Sus dimensiones alcanzan desde los más pequeños diámetros hasta 1/100 a 1.5/100 mm y más. Unos corpúsculos son perfectamente esféricos y otros ovoides. Sus contornos aparecen más o menos netamente dibujados. Muchos son completamente translúcidos, pero los hay también opacos con granulaciones en el interior. Los que son translúcidos, con contornos netos, se asemejan de tal modo a las esporas de los mohos más comunes que el más hábil micrógrafo no podría percibir la diferencia. Es todo lo que se puede decir, como se puede afirmar solamente que, entre los demás, los hay que se parecen a los infusorios en forma de bola, enquistados, y, en general, a los glóbulos que se consideran como los huevos de esos pequeños seres. Pero, en cuanto a afirmar que esto es una espora, más aún, la espora de tal especie determinada, y que aquello es un huevo y el huevo de tal microzoario, creo que ello no es posible. Me limito, por lo que a mí respecta, a declarar que esos corpúsculos son evidentemente organizados, pareciéndose de todo punto a los gérmenes de los organismos más inferiores, y que son tan diversos de volumen y de estructura que pertenecen evidentemente a especies muy numerosas.

Tan grande es el rigor científico de Pasteur que mientras no tenga certeza absoluta sobre algo, tras innumerables experimentos, no lo da como un hecho.

Experiencias con el aire calcinado

Acabamos de ver que hay siempre en suspensión, en el aire, corpúsculos organizados que, por su forma, su volumen y su estructura aparente, no podrían ser distinguidos de los gérmenes de los organismos inferiores y cuyo número es grande, sin tener nada de exagerado. ¿Existen realmente entre ellos gérmenes fecundos?

He ahí la cuestión verdaderamente interesante; creo haber llegado a demostrarla de una manera cierta.

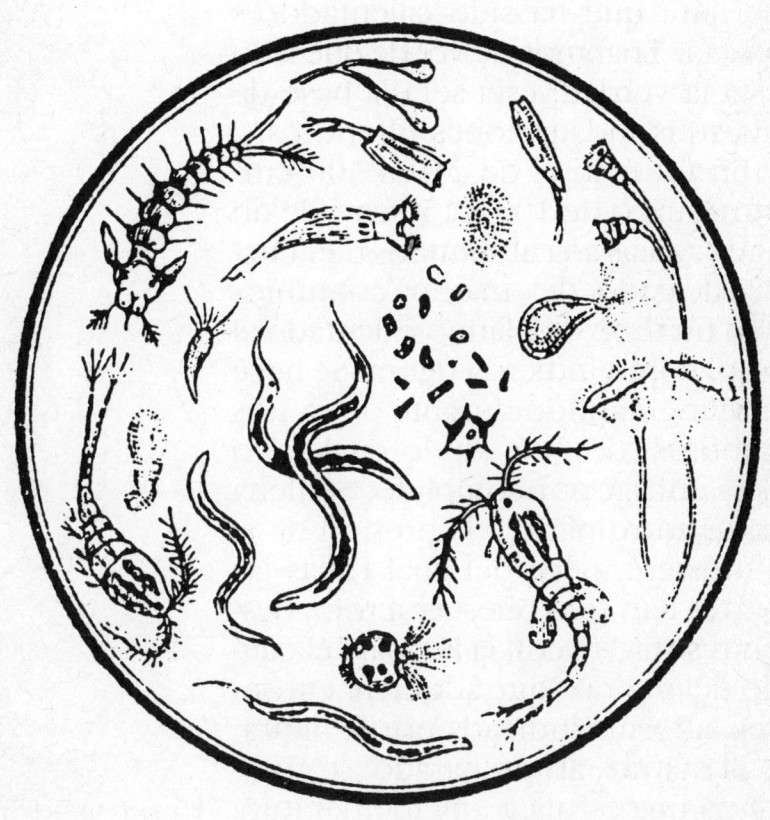

El universo fascinante que puede observarse al microscopio en una gota de agua estancada se presenta aquí en un dibujo de un investigador del siglo pasado.

Pero antes de exponer las experiencias que se refieren más particularmente a esta parte del tema, es indispensable indagar si la inactividad del aire que ha sido calentado es exacta. Tratemos de ver de qué lado está la verdad; ésta será la base de nuestras indagaciones ulteriores.

En un matraz de 250 a 300 cm^3 introduzco de 100 a 150 cm^3 de un agua azucarada albuminosa. El cuello delgado del matraz comunica con un tubo de platino calentado al rojo, como indica la figura. Se hace hervir el líquido durante dos a tres minutos, después de lo cual se lo deja enfriar por completo. Se llena de aire ordinario a la presión de la atmósfera, pero del cual todas las partes han sido puestas al rojo; después se cierra con la lámpara el cuello del matraz, que adquiere entonces la forma indicada por la figura.

El matraz, así preparado, se coloca en una estufa a una temperatura aproximada de 30°; puede conservarse indefinidamente, sin que el líquido que contiene experimente la menor alteración. Su limpidez, su olor, su carácter de acidez muy débil, apenas apreciable en el papel tornasol azul, persisten sin cambio

El papel tornasol está químicamente tratado, y tiene la propiedad de cambiar de color según la acidez de una sustancia.

apreciable. Su color se oscurece ligeramente con el tiempo, sin duda bajo la influencia de una oxidación directa de la materia albuminoide o del azúcar.

Yo afirmo con la más absoluta sinceridad que jamás me ha ocurrido realizar una sola experiencia, dispuesta como acabo de decir, que me haya dado un resultado dudoso. El agua de levadura azucarada llevada a la ebullición durante dos o tres minutos, y después puesta en presencia del aire que ha sido calentado, no se altera, pues, en lo más mínimo incluso después de 18 meses de permanencia a una temperatura de 25° a 30°, mientras que si se abandona al aire ordinario, después de un día o dos se encuentra en vías de alteración manifiesta y aparece llena de bacterias, de vibriones o cubierta de mucores.

Los mucores son mohos que pueden proliferar en diferentes materias orgánicas en descomposición.

Siembra de los polvos que existen en suspensión en el aire, en licores adecuados para el desarrollo de organismos inferiores

Los resultados de las experiencias

de los dos capítulos que preceden nos han enseñado:

1) Que hay siempre en suspensión en el aire ordinario corpúsculos organizados completamente parecidos a los gérmenes de organismos inferiores.

2) Que el agua de levadura de cerveza azucarada, licor eminentemente alterable con el aire ordinario, permanece intacta, límpida, sin dar jamás nacimiento a infusorios o mohos, cuando se abandona al contacto del aire que ha sido previamente calentado.

Mientras tanto, tratemos de indagar lo que sucedería, al contacto de ese mismo aire, sembrando en esa agua azucarada albuminosa los polvos que hemos aprendido a recoger, sin introducir otra cosa que dichos polvos. He aquí las disposiciones que he adoptado para depositar polvos del aire en los licores putrescibles o fermentables, en presencia del aire calcinado.

Volvamos a tomar nuestro matraz conteniendo agua de levadura azucarada y aire calcinado. Supongamos que el matraz está en la estufa a 25° o 30°, desde hace un mes o dos, sin haber sufrido alteración

Pasteur somete a calentamiento el aire para eliminar a los microorganismos presentes en él.

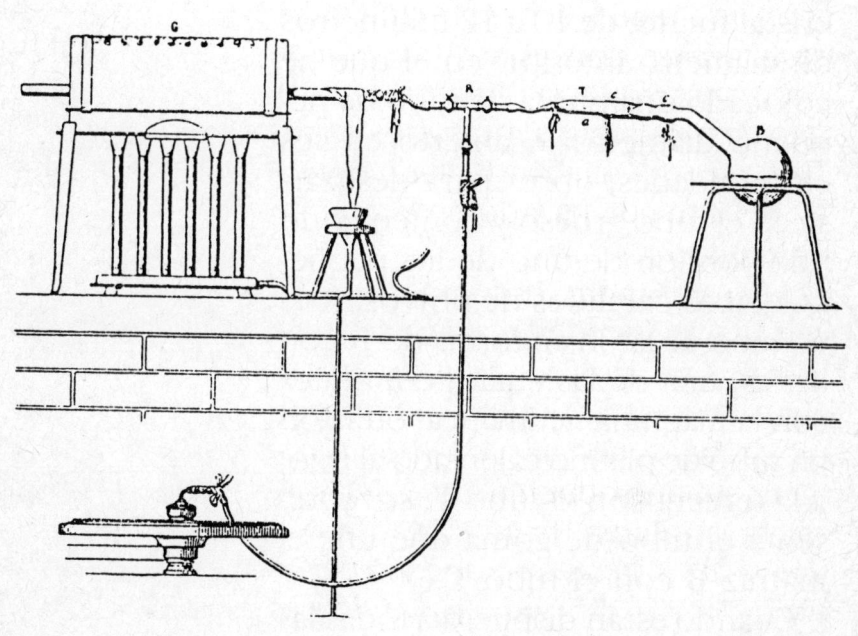

67

sensible, prueba manifiesta de la inactividad del aire calentado de que ha sido llenado bajo la presión atmosférica ordinaria.

La punta del matraz, siempre cerrada, la adapto, mediante un tubo de goma, a un aparato dispuesto como se ilustra. T es un tubo de cristal fuerte, de 10 a 12 milímetros de diámetro interior, en el que he colocado una punta de tubo de pequeño diámetro *a*, abierto en sus extremidades, libres para deslizarse en el tubo grueso y conteniendo una porción de uno de los pequeños tacos cargados de polvos; R es un tubo de latón en forma de T, con llaves, una de las cuales comunica con la máquina neumática, otra con un tubo de platino calentado al rojo, y la tercera con el tubo T; *cc* representa el tubo de goma que une el matraz B con el tubo T.

Cuando están dispuestas todas las partes del aparato y el tubo de platino se pone al rojo por el calorífero de gas, representado en G, se hace el vacío, después de haber cerrado la llave que conduce al tubo de platino. Esa llave se abre después, de modo que se deje entrar poco a poco en el aparato de aire calcinado. El vacío y la entrada de aire calcinado son repetidos alternativamente, de diez a doce veces. El pequeño tubo de algodón se encuentra así lleno de aire calcinado hasta en los menores intersticios del algodón, pero ha conservado sus polvos. Hecho esto, rompo la punta del matraz B, a través del tubo de goma *cc*, sin desanudar los cordoncillos; después hago que se deslice el pequeño polvo de los tubos en el matraz. En fin, cierro con la lámpara el cuello del matraz, que es colocado de nuevo en la estufa. Ahora bien, ocurre constantemente que comienzan a aparecer producciones en el matraz después de 24 horas, 36 o 48, a lo sumo.

Es precisamente el tiempo necesario para que esas mismas producciones aparezcan en el agua de levadura azucarada, cuando es expuesta al contacto del aire común.

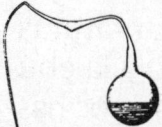

Otro método muy sencillo para demostrar que todas las producciones organizadas de las infusiones (previamente calentadas) tienen por origen los corpúsculos que existen en suspensión en el aire atmosférico

Creo haber establecido rigurosamente que todas las producciones organizadas de las infusiones, previamente calentadas, no tienen otro origen que las partículas sólidas que el aire acarrea siempre y que deposita constantemente en todos los objetos. Si quedase todavía alguna duda a este respecto en el ánimo del lector, sería disipada por las experiencias de que voy a hablar.

Coloco en un matraz uno de los licores siguientes, todos muy alterables al contacto del aire ordinario: agua de levadura de cerveza, agua de levadura de cerveza azucarada, orina, zumo de remolachas, agua de pimienta; luego estiro con la lámpara el cuello del matraz de manera que se le den diversas curvaturas. Someto después el líquido a la ebullición durante algunos minutos hasta que el vapor de agua salga abundantemente por la extremidad del cuello delgado que ha quedado abierto, sin otra precaución. Dejo entonces enfriarse el matraz. Cosa singular, a propósito para admirar a toda persona habituada a la delicadeza de las experiencias relativas a la generación llamada espontánea: el líquido de ese matraz permanecerá indefinidamente sin alteración. Se puede manejar sin ningún temor, transportarlo de un lugar a otro, dejarlo sufrir todas las variaciones de temperatura de las estaciones, y su líquido no experimenta la más ligera alteración y conserva su olor y su sabor.

No habrá otro cambio en su naturaleza que el que puede determinar, en ciertos casos, una oxidación directa, puramente química, de la materia. Pero hemos visto, por los análisis que he dado a conocer en esta memoria, cuán limitada era esta acción del oxígeno, *todas las veces que no había producción organizada desarrollada en los licores*.

Parece que el aire ordinario, entrando con fuerza en los primeros momentos, debe llegar completamente en bruto al matraz. Esto es cierto, pero encuentra un líquido

Varios de los matraces cerrados herméticamente por Pasteur continúan en el instituto que lleva su nombre sin contaminarse después de más de un siglo.

todavía próximo a la temperatura de la ebullición. La entrada del aire tiene lugar después con más lentitud, y cuando el líquido está bastante enfriado para no poder quitar ya a los gérmenes su vitalidad, la entrada del aire es bastante lenta para que abandone en las curvaturas húmedas del cuello todos los polvos capaces de obrar sobre las infusiones y de determinar en ellas producciones organizadas. Al menos, no veo otra explicación posible a estas curiosas experiencias. Si después de uno o varios meses de permanencia en la estufa se corta el cuello del matraz sirviéndose de una lima, sin tocar de otro modo el matraz, al cabo de 24, 36 o 48 horas, los mohos y los infusorios comenzarán a mostrarse absolutamente como de ordinario, o como si se hubiesen sembrado en el matraz los polvos del aire.

Ahora bien: no me ha sucedido una sola vez ver que tuviesen éxito las experiencias *en blanco*, como no he visto jamás que la siembra de polvos no determinase producciones organizadas.

En presencia de semejantes resultados, confirmados y aumentados por los de los capítulos siguientes,

Pasteur usaba el término "experiencias en blanco" para referirse a lo que hoy denominamos "controles experimentales". En este caso específico los controles eran las redomas que contenían líquidos esterilizados y que se cerraban herméticamente, o sus matraces de cuello de cisne, que se conservaban sin contaminación.

considero demostrado matemáticamente que todas las producciones organizadas que se forman con el aire ordinario en el agua azucarada albuminosa, previamente sometida a la ebullición, tienen por origen las partículas sólidas que se encuentran en suspensión en el aire.

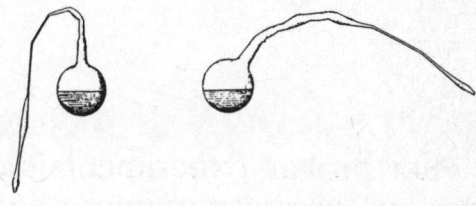

La teoría de los gérmenes y su aplicación a la medicina y la cirugía

Para probar experimentalmente que un organismo microscópico es el agente de una enfermedad y de su contagio, no vemos otro método en la situación actual de la ciencia que someter al microbio (nueva y afortunada expresión propuesta por M. Sédillot) al método de cultivo sucesivo fuera del organismo vivo...

Es precisamente a esta técnica a la que Joubert y yo hemos sometido a la bacteria del ántrax. Observamos después de mantener a la bacteria a través de una larga serie de cultivos —cada cultivo fresco fue inoculado con una gota del cultivo previo—, que el último cultivo de la serie fue capaz de multiplicarse y

Pasteur descubrió que el ántrax se contagia por medio de esporas y realizó suficientes subcultivos (100) para descartar la presencia de residuos de sangre o de cualquier otra sustancia proveniente del animal enfermo en el cultivo que usó para reproducir la enfermedad. De esta manera demostró que el bacilo del ántrax y sólo él, era el agente que provocaba esta enfermedad.

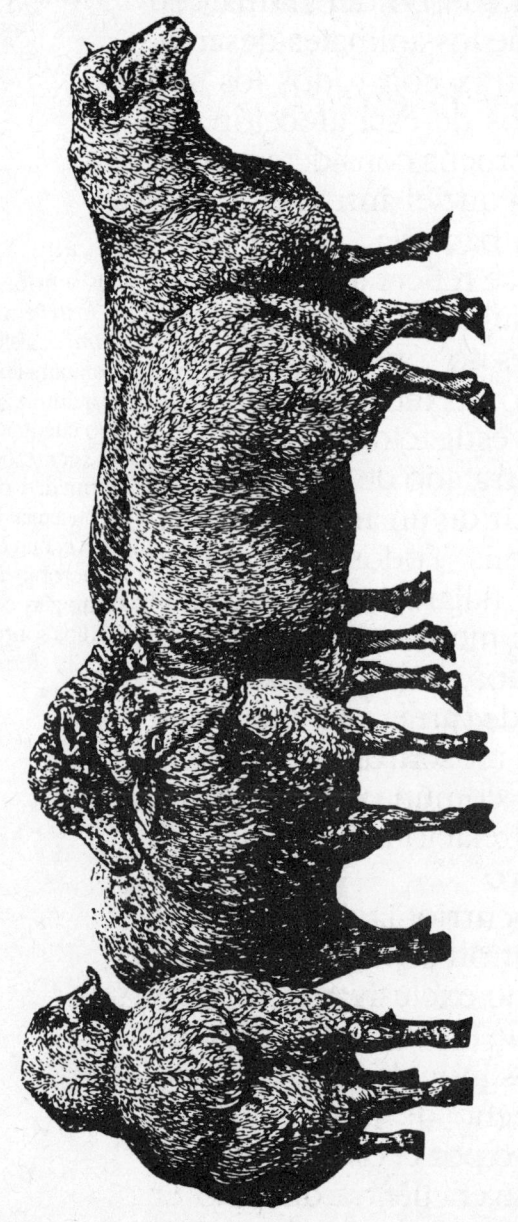

El ántrax, enfermedad que ataca al ganado, puede transmitirse al hombre —al que muchas veces le ocasiona la muerte— a través del manejo de animales infectados o sus productos.

actuar en el cuerpo del animal, en forma tal que los animales desarrollaron el ántrax con todos los síntomas típicos de esta afección.

Con esta prueba consideramos sin duda alguna que el ántrax es causado por esta bacteria.

En lo que se refiere al vibrión séptico, los resultados de nuestras investigaciones no son tan convincentes. Por ello, hemos intensificado nuestras investigaciones en este tema. Hemos tratado de cultivar el vibrión a partir de un animal muerto por septicemia. Todos nuestros experimentos fallaron a pesar de la variedad de medios usados: orina, extracto acuoso de levadura de cerveza, caldo de carne, etcétera. Nuestros medios mostraron crecimiento pero por lo común obtuvimos microbios no relacionados con el vibrión séptico...

Se nos ocurrió la idea de que nuestro vibrión séptico podría ser un organismo exclusivamente anaeróbico, y que la esterilidad de nuestros líquidos inoculados podría deberse al hecho de que el vibrión fuese muerto por el oxígeno atmosférico que se encuentra disuelto en estos líquidos. Los miembros de la

El vibrión séptico (*Clostridium septicum*) se aisló también de animales muertos por ántrax. Pasteur se dio cuenta de que era el agente de una enfermedad distinta: la septicemia. Descubrió que era un organismo anaerobio a través de analogías con sus estudios sobre el bacilo de la fermentación butírica.

academia recordarán que en el pasado hice observaciones similares con el vibrión responsable de la fermentación butírica, que no sólo vive sin aire sino al que el aire mata.

Tratamos entonces de cultivar el vibrión séptico en el vacío, o en presencia de gases inertes tales como el dióxido de carbono. Los resultados llenaron nuestras expectativas: el vibrión séptico crece con la misma facilidad al alto vacío que en presencia de dióxido de carbono puro.

Es lógico pensar que si ponemos un líquido que contenga muchos vibriones sépticos en contacto con aire puro, se podría esperar la muerte de los vibriones y la supresión total de la virulencia. Esto es exactamente lo que pasa.

Pero si el oxígeno destruye los vibrios, ¿cómo podría existir la septicemia, si el aire de la atmósfera está presente donde quiera? ¿Cómo encajan estos hechos en la teoría microbiana? ¿Cómo puede volverse séptica la sangre expuesta al polvo del aire?

Todo es oscuro, oculto y sujeto a la discusión cuando no se sabe la

Pasteur se consideró el descubridor de las esporas bacterianas (sin reconocer las descrip-

causa del fenómeno. Todo es claro cuando ésta se conoce. Todo lo que nosotros hemos afirmado es verdadero para un líquido séptico lleno de vibriones adultos que se reproducen por fisión binaria. Las cosas son distintas cuando los vibriones se transforman en sus propios gérmenes, es decir en esos corpúsculos lustrosos descritos y dibujados por primera vez en mis *Estudios sobre las enfermedades de los gusanos de seda*. En ese estudio me referí a los vibriones aislados a partir de gusanos muertos de una enfermedad conocida como *flacherie*. Sólo los vibriones adultos desaparecen, explotan, y pierden su virulencia al contacto con el aire. Los corpúsculos germinales resisten bajo esas condiciones; se encuentran siempre listos para nuevos cultivos y nuevas inoculaciones.

No resulta fácil explicar cómo pueden existir los gérmenes sépticos sobre los objetos, flotando en el aire o en el agua. ¿De dónde vienen estos corpúsculos? Bien; nada más fácil que la producción de sus gérmenes a pesar de la presencia del aire en los líquidos sépticos.

Si la serosidad abdominal llena

ciones de Cohn y de Koch). En su libro sobre las enfermedades del gusano de seda hizo una excelente descripción e ilustración de estas estructuras (aunque es dudoso que les atribuyera funciones de resistencia y sobrevivencia).

de vibriones sépticos en activo proceso de división, se extiende en una capa de cuando menos un centímetro de espesor y se expone al aire, en pocas horas se puede asistir a un extraño fenómeno. Sobre la superficie el oxígeno es absorbido por el líquido, lo que se manifiesta por un cambio de color. Aquí los vibriones mueren y desaparecen. En las capas más profundas, al contrario, los vibriones, protegidos de la acción del oxígeno por sus hermanos que están muriendo en la superficie, continúan multiplicándose por escisión. Después, poco a poco, se transforman en sus propios gérmenes, reabsorbiendo el resto de sus cuerpos filiformes. Ya no se ven más los filamentos móviles que se observaban en todo el campo del microscopio; ahora en su lugar se observa una enorme cantidad de puntos brillantes, aislados, cubiertos por una masa amorfa, difícilmente visible. Así se forman los gérmenes de la vida latente, resistentes al oxígeno. Allí está el polvillo séptico y nosotros, armados de nuestra inteligencia, llegamos al momento de disipar la oscuridad. Ahora podemos comprender el deterioro de los líquidos putrescibles por los polvillos de la atmósfera; podemos entender la permanencia de las enfermedades pútridas en la superficie de la tierra.

Permítame la academia abandonar nuestros asombrosos resultados y reflexionar sobre sus principales consecuencias teóricas. Ésta es la prueba fehaciente de que existen las enfermedades transmisibles, contagiosas, infecciosas, donde la causa reside únicamente en la presencia de organismos microscópicos. Ésta es la prueba de que debemos abandonar para siempre la idea de la virulencia espontánea, las ideas del contagio que nace de golpe dentro del cuerpo del hombre y de los animales, y proponer una teoría sobre el origen de las enfermedades transmisibles.

Dado que la bacteria del ántrax no crece en absoluto a temperaturas de 43-44°C, se nos ocurrió una posible explicación para el hecho bien conocido pero misterioso de que ciertos animales no sean susceptibles al ántrax. ¿Podría este fenómeno deberse a la temperatura corporal de esas aves? Si esta conjetura fuese válida, ¿sería posible infectar con ántrax a las gallinas si se dismi-

Pasteur se preocupó siempre por las características del organismo o del medio que propiciaban el desarrollo de los gérmenes. Su estudio sobre la temperatura corporal y la susceptibilidad a la infección constituye un aporte esencial para la teoría microbiana de la enfermedad.

nuye su temperatura corporal? Nuestros experimentos confirmaron la hipótesis. Si uno inocula a una gallina con la bacteria del ántrax y le sumerge las patas en agua a 25°C suficiente tiempo para reducir la temperatura corporal a 37-38°C (que es la temperatura de los animales susceptibles a esta enfermedad), la gallina muere en 24 a 30 horas por invasión del bacilo. Experimentos contrarios nos han dado resultados favorables. Si elevamos la temperatura de animales que son normalmente susceptibles al ántrax, es posible protegerlos contra esta horrible enfermedad para la cual no hay hasta hoy tratamiento.

De la atenuación de los virus y su uso para prevenir las enfermedades transmisibles

De la atenuación del virus del cólera de los pollos

En principio parece extraño que uno se imagine que el virus causante del cólera aviar es un organismo microscópico que puede ser manipulado como un cultivo puro, como la levadura de cerveza o el *mycoderma* del vinagre. Por otra parte es lógico suponer que la variabilidad en la virulencia es probablemente una propiedad común de los agentes causales de varias enfermedades virulentas. Por ejemplo sabemos que ha habido gravísimas epidemias de viruela, como también ha habido otras benignas. ¿No hemos visto desaparecer lentamente las grandes epidemias para aparecer más tarde y desvanecerse de nuevo?

Empecemos con el virus del có-

El *mycoderma* es una levadura microscópica que produce la acidificación del vino, y que se reconoció y utilizó desde la antigüedad para fabricar vinagre.

Pasteur conocía los trabajos de Jenner. Una vez que estuvo convencido del origen microbiano de varias enfermedades, empezó a preocuparse por el desarrollo de un método de prevención. Cuando accidentalmente descubrió que los cultivos viejos del microbio causante del cólera de los pollos, actualmente conocido como *Pasteurella multocida*, inducía un estado refractario y no la enfermedad, integró sus teorías con las de Jenner y se propuso la obtención de microorganismos atenuados para preparar vacunas. Acuñó el término *vacunación* para este procedimiento, como un homenaje póstumo a Jenner.

lera en un estado de alta virulencia. Esto puede hacerse colectando el virus de animales muertos recientemente de la forma crónica de la enfermedad, mejor que de la forma aguda.

Hagamos cultivos puros sucesivos de este virus, en un caldo de músculo de pollo, tomando cada inóculo para el nuevo cultivo del anterior, y probemos la virulencia de los distintos cultivos. No hay cambio detectable en la virulencia.

En mi afirmación anterior yo no mencioné el periodo transcurrido entre dos cultivos sucesivos. Si el intervalo es de un día o de una semana, no cambia la virulencia. Tampoco si el intervalo es de dos semanas. . . Si uno espera tres, cuatro, cinco u ocho meses para estudiar la virulencia de los cultivos, cambia la imagen total. Las diferencias en virulencia ahora son importantes.

Cuando hay tales intervalos entre los subcultivos sucesivos, la virulencia que inicialmente fue tan alta que de diez pollos inoculados los diez murieron, decrece en forma paulatina. Ahora sólo 9, 8, 7, 6, 5, 4, 3, 2, o 1 de los pollos mueren. Algunas veces la mortalidad puede ser

83

nula y todos los pollos inoculados se enferman, pero todos se recuperan. En otras palabras, por un simple cambio en el modo de cultivar el parásito, por un mero incremento en el periodo transcurrido entre dos cultivos sucesivos del virus, podemos obtener un verdadero virus vacunal, que no mata pero que produce una forma benigna de la enfermedad y protege contra la forma fatal.

De la atenuación de los virus y de su retorno a la virulencia

Hemos orientado nuestros esfuerzos a la posible aplicación de la acción del oxígeno del aire en la atenuación de los virus. El virus del ántrax, uno de los más conocidos, atrajo primero nuestra atención.

La bacteria no crece a 45° en caldo de pollo neutro. Su crecimiento es excelente a 42 y 43°, pero no forma esporas. Como consecuencia, se pueden mantener cultivos de la bacteria libres de esporas en contacto con el aire a 42 o 43°. Se pueden observar los siguientes hechos.

Después del célebre experimento de Pouilly le Fort los científicos formados en el laboratorio de Pasteur participaron activamente en la producción de vacunas y sueros.

Después de un mes, el cultivo ha muerto. Uno o dos días antes de la muerte del cultivo todavía puede obtenerse un crecimiento abundante por subcultivo. En lo que se refiere a la virulencia, ésta se pierde después de ocho días a 42-43°, como puede juzgarse por la carencia de patogenicidad en cobayos, conejos y cabras. ¿Cómo se pierde la virulencia durante estos ocho días a 43°? Recordemos que el microbio del cólera aviar también muere cuando se mantiene en contacto con el aire. En ese caso, sin embargo, el periodo requerido para la muerte es mucho mayor, y en el intervalo el microbio se atenúa paulatinamente. ¿Podríamos justificar la idea de que las mismas transformaciones ocurren con el microbio del ántrax? La experimentación confirma esta hipótesis. Antes de la extinción de la virulencia, el microbio del ántrax pasa a través de varios grados de atenuación y, como se observó con el microbio del cólera aviar, cada uno de los estados de virulencia atenuada puede reproducirse por cultivo. Cada uno de nuestros microbios atenuados del ántrax constituye una vacuna utilizable para la protección

Después de este trabajo, Pasteur llevó a cabo el espectacular experimento de Pouilly le Fort, que le permitió obtener el reconocimiento mundial de sus métodos de vacunación.

contra una cepa más virulenta. En esta gama de microbios del ántrax existen virus capaces de causar enfermedad no fatal en cabras, vacas y caballos, pero capaces de hacerlos refractarios a la enfermedad fatal. Hemos tenido éxito con las cabras. Tan pronto como se inicie la estación de pastoreo probaremos nuestra vacuna a gran escala.

Lobos, perros, murciélagos y otros animales pueden ser portadores de la rabia.

Método para prevenir la rabia después de la mordedura

Pasteur y sus colaboradores trataron de infectar distintos animales con saliva de perro rabioso pero tuvieron resultados muy irregulares; a veces tenían éxito y a veces no. Pasteur concluyó que la única forma de transferir la enfermedad era por inoculación intracerebral, pero como no era médico cirujano le pareció un procedimiento imposible. Roux, uno de sus colaboradores, hizo el experimento en ausencia de Pasteur y consiguió establecer un procedimiento efectivo para los estudios posteriores.

El método para prevenir la rabia después de la mordedura descansa en los siguientes hechos:

La inoculación intracerebral de médula obtenida de un perro callejero muerto de rabia —efectuada por trepanación bajo la duramadre en conejos—, produce siempre rabia después de un tiempo promedio de incubación de alrededor de 15 días. Si el virus se transfiere de este primer conejo a otro, y de un segundo a un tercero, y así sucesivamente muchas veces por el mismo método de inoculación, decrece el tiempo de incubación de la rabia.

Tras 20 a 25 pasos de conejo a conejo, el periodo de incubación se reduce a ocho días. Después de otros

20 a 25 pasos el periodo de incubación observado es de siete días. El periodo de incubación permanece de esta duración hasta el nonagésimo transplante (el último que hicimos).

Este tipo de experimento, que empezamos en noviembre de 1882, ha continuado durante tres años sin ninguna interrupción de la cadena. Por lo tanto, el virus de la rabia puede mantenerse con facilidad en condiciones de perfecta pureza y homogeneidad. *Ésta es la base práctica del método.*

La médula rábida de estos conejos es virulenta en toda su longitud. Cuando se obtienen secciones de esta médula de unos cuantos centímetros de largo en condiciones asépticas y se suspenden en aire seco, su virulencia disminuye lentamente hasta desaparecer. La duración del proceso de extinción de la virulencia varía algo de acuerdo con el grosor de las piezas de médula, pero depende principalmente de la temperatura. A menor temperatura mayor duración de la virulencia. *Ésta es la base científica del método.*

Con estas preparaciones de médu-

La técnica desarrollada por Pasteur para atenuar el virus de la rabia permitía por un lado la entrada de oxígeno al frasco (para atenuar el virus), y evitaba la putrefacción al eliminar la humedad por medio de un desecante (hidróxido de potasio).

Después de los primeros estudios realizados con perros sanos, Pasteur procedió en la misma forma con animales recién infectados (mordidos por perros rabiosos) y obtuvo resultados satisfactorios. Sin embargo, el sabio y su grupo mostraban reticencia a su ensayos en seres humanos. Fue la casualidad, la confrontación con el caso de un niño prácticamente desahuciado, lo que decidió a Pasteur a iniciar su tratamiento en humanos.

la un perro puede volverse refractario a la rabia en un periodo relativamente corto.

Se obtiene diariamente una pieza de médula fresca a partir de un conejo muerto de rabia siete días después de haberse infectado con el virus. Se suspende la pieza en un frasco estéril; la atmósfera del frasco se conserva seca con hidróxido de potasio. El perro se inocula por vía subcutánea todos los días, durante 14 días, con una jeringa de médula suspendida en caldo. Se empieza con la médula que se ha secado por mayor tiempo, y se continúa con piezas cada vez más frescas (cada una sometida al proceso de secado dos días menos que la previa). Por seguridad, el periodo de desecación de la médula usada para la primera inyección fue determinado por experimentos piloto.

Cuando se aplica la última inyección hecha con médula que sólo ha sido secada durante dos días el perro alcanza el estado refractario a la rabia. El virus puede ahora ser inoculado bajo la piel o aun en el cerebro de este perro, con seguridad. Así, he vuelto a 50 perros refractarios a la rabia, sin un sólo fracaso.

El lunes 6 de julio tres personas procedentes de Alsacia se presentaron en mi laboratorio. Eran Théodore Vone, Joseph Meister y la madre de este último.

Théodore Vone, tendero de Missengott, fue mordido en un brazo el 4 de julio por su perro, que se volvió rabioso; Joseph Meister, de 9 años de edad, fue mordido también el 4 de julio a las 8 de la mañana por el mismo perro. El niño fue derribado por el perro y tenía numerosas mordeduras en las manos, piernas y hombros; algunas de ellas eran profundas y caminaba con dificultad. Las mordeduras más prominentes habían sido cauterizadas ese mismo día, a las 8 de la noche. La tercera persona, la madre del joven Joseph Meister, no había sido mordida.

La autopsia del perro, que fue ultimado por su dueño, reveló en su estómago heno, paja y fragmentos de madera. No cabía duda de que el perro estaba rabioso. Joseph Meister fue rescatado cubierto con saliva y sangre del perro.

El señor Vone tenía muchas contusiones en el brazo, pero aseguró que su camisa no había sido penetrada por los dientes del perro. Dado que no tenía ningún problema, le recomendé volver a Alsacia el mismo día, pero retuve conmigo al pequeño Meister y a su madre.

La opinión de los doctores fue que, dadas la intensidad y el número de mordeduras, prácticamente no había duda de que Joseph Meister adquiriría la rabia.

Como la muerte del niño era casi segura, decidí a pesar de mis convicciones tratar a Joseph Meister con el método que me había dado tan buen resultado con los perros.

El 6 de julio a las 8 de la noche 60 horas después de las mordeduras, el pequeño Meister recibió la primera inyección. Decidí darle un total de 13 inoculaciones en 10 días. Hubieran sido suficientes menos inoculaciones, pero debe comprenderse que fui cauto en extremo.

La virulencia de las piezas de médula usadas fue determinada cuidadosamente por inoculación intracerebral en conejos normales. Este método mostró que la médula usada durante los primeros cinco días no era virulenta, mientras que aquella usada los cinco últimos días del tratamiento sí lo era.

Durante los últimos días inoculé a Joseph Meister con el virus más virulento. Joseph Meister escapó no sólo a la rabia que recibió en sus mordeduras sino también a la rabia que yo le inoculé...

Ahora, tres meses y tres semanas después del accidente, la salud de Joseph Meister no deja nada que desear.

El martes 20 de octubre comencé el tratamiento de un joven de 15 años de edad que había recibido mordeduras extraordinariamente severas seis días antes.

La academia probablemente no podrá oír sin emoción la historia del valor y el coraje del niño cuyo tratamiento he iniciado. Es un pastor de Viller-Farlay (Jura) que responde al nombre de Jean-Baptiste Jupille. Vio a un gran perro de apariencia sospechosa atacar a un grupo de seis niños. Armado sólo con un palo y sus zuecos de madera peleó contra el perro y lo mató, pero fue severamente mordido.

Jupille sobrevivió y su extraordinario valor y el éxito del tratamiento aplicado por Pasteur se inmortalizaron en una estatua del pastorcillo que aún existe frente al Instituto Pasteur de París.

La biología después de Pasteur

El mundo de los microorganismos, hoy

Comentar la trascendencia de la obra de Pasteur y no caer en las frases elogiosas tantas veces repetidas por todos los estudiosos que se han interesado en su biografía es una tarea difícil y quizás un tanto estéril. Tal vez el mejor homenaje a este hombre extraordinario sea reconocer, en la ciencia moderna, las huellas de sus aportaciones.

Hoy sabemos que los microorganismos se encuentran en todas partes: en el suelo, el aire y el agua, así como en las plantas, los animales y el hombre. Existen numerosísimos géneros y especies inocuos para el hombre; algunos de ellos son útiles y se emplean en la industria (vinícola, cervecera, lacticínea) y sólo algunas variedades son perjudiciales para los seres vivos. Entre los microorganismos encontramos a las bacterias, los hongos, los virus y a un grupo especial de gérmenes denominados actinomicetos, que tienen una importancia enorme porque producen la mayor parte de los antibióticos conocidos. Además, existen grupos de microorganismos más complejos que incluyen las levaduras y los protozarios.

Entre las bacterias dañinas para el hombre se encuentran algunos cocos (bacterias esféricas), tales como los estafilococos, que producen abscesos, infecciones de heridas, ostiomielitis y a veces neumonías severas; los estreptococos, agentes de la amigdalitis, la erisipela, la escarlatina, la fiebre puerperal y diversas infecciones respiratorias; los neumococos, que ocasionan una forma especial de neumonía, los gonococos, que producen la gonorrea, y los meningococos que son causantes de una variedad de meningitis.

Además encontramos bacilos, que son bacterias alargadas, en forma de bastón. Ejemplos de bacilos patógenos para el hombre son las bacterias de la difteria, el ántrax, la disentería, la lepra, el tétanos, la gangrena gaseosa, la tifoidea, la tosferina y la tuberculosis. Los vibrios son pequeños organismos mótiles en forma de coma, entre los cuales se encuentra el agente del cólera. Las espiroquetas son bacterias filamentosas en forma de espiral que se mueven activamente; a éstas corresponden, entre otras, las causantes de la sífilis.

Este panorama de las enfermedades producidas por las bacterias podría inducir erróneamente a pensar que todos los microorganismos de este tipo son "perjudiciales" para el hombre. Por ello es importante insistir en que la mayoría de las bacterias son inocuas o benéficas, e incluso se puede afirmar que son absolutamente necesarias para nuestra vida.

Por ejemplo, nuestros aparatos respiratorio y digestivo tienen una población enorme de bacterias que constituyen la llamada flora normal, cuya existencia impide la invasión y el establecimiento de agentes potencialmente dañinos.

Las bacterias del suelo son esenciales para degradar y mineralizar desechos orgánicos y retornar al suelo los elementos que requieren las plantas para su desarrollo. (Recordemos que la vida en la tierra depende de la existencia de las plantas.) Algunas bacterias son capaces de tomar el nitrógeno del aire y convertirlo en compuestos nitrogenados que las plantas utilizan. El azufre y el fósforo, dos elementos necesarios para el crecimiento de las plantas, son convertidos en sales inorgánicas por las bacterias, y como tales se absorben a través de las raíces. Las bacterias son imprescindibles también para la degradación de la basura.

La acidificación de la leche es resultado de la actividad

bacteriana, y es el primer paso en la preparación de la mantequilla y de varios tipos de quesos. Además, el queso es madurado o sazonado para acentuar su aroma o sabor por medio de la intervención controlada de bacterias, y muchos otros productos se obtienen en la industria por la acción de determinadas bacterias sobre los carbohidratos.

La producción de ácido butírico, acetona, alcohol butílico y diferentes enzimas son ejemplos de procesos industriales realizados a través de fermentaciones bacterianas.

Entre los hongos encontramos algunos microorganismos patógenos para el hombre, como los agentes de la tiña, las aftas y distintas enfermedades pulmonares. Sin embargo, son muchas más las especies útiles. La mayor parte de los hongos son soprófitos o soprozoicos, es decir, se nutren de materia orgánica de origen vegetal o animal. Al destruir los restos de plantas o animales restituyen al suelo compuestos simples que son utilizados como alimento por las plantas. Algunos hongos son comestibles (por ejemplo los champiñones); muchos son empleados para la manufactura de bebidas y para dar sabor a los quesos (Roquefort, Camembert). De uno de ellos en especial, *Penicillium notatum*, se deriva el primer antibiótico conocido: la penicilina.

Las levaduras son importantes desde el punto de vista económico porque producen alcohol y dióxido de carbono como consecuencia de la fermentación de azúcares. Se usan en la fabricación de bebidas alcohólicas y en la panificación. Son también fuente de vitamina B y ergosterol. De este último se obtiene la vitamina D.

Los protozoarios son organismos unicelulares mucho más complejos que las bacterias. Entre ellos se encuentran los agentes de varias enfermedades importantes en la salud pública, como son la amibiasis, la giardiasis, la tripanosomiasis y el paludismo.

Finalmente, existe un grupo muy especial de agentes infecciosos que sólo pueden replicarse dentro de tejidos o células vivas (es decir, que son parásitos intracelulares obligados): los virus, que no pueden verse con el microscopio ordinario y quizá representan la frontera entre la química y la biología. Son estructuras que no tienen metabolismo propio (respiración, nutrición, excreción, etcétera), pero que poseen información genética (ADN o ARN) que utilizan para producir muchas copias a costa de los materiales que existen en la célula infectada. Entre los virus figuran los agentes del sarampión, la varicela, la fiebre amarilla, la rubeola, la viruela, la rabia, la poliomielitis y el sida.

Todo este mundo de los microorganismos accesible a nuestra vista con los equipos modernos, hoy tan bien conocido y comprendido que muchas veces el hombre puede manipularlo para su bienestar y su salud, existió desde siempre. Muchos microorganismos fueron descritos antes de que Pasteur naciera. Pero su relación con las fermentaciones y con las enfermedades fue establecida fundamentalmente a través de los trabajos de Pasteur y Koch.

Para tener una idea del monumental desarrollo de la microbiología durante las últimas dos décadas del siglo XIX, basta recordar algunos de los descubrimientos más relevantes de ese periodo.

En 1880 Laveran descubrió el parásito que produce el paludismo. Loeffler identificó el bacilo de la difteria en 1886 y dos años más tarde Roux y Yersin demostraron que las manifestaciones de esta enfermedad se deben a un producto soluble secretado por el bacilo: la toxina diftérica. En 1881 Koch perfeccionó la técnica para aislar las bacterias y en 1882 descubrió el bacilo de la tuberculosis. En 1889 Kitasato identificó el agente causante del tétanos y en 1890 el mismo investigador, con la colaboración de von Behring, descubrió la antitoxina tetánica que se empleó muy pronto para la inmunización pasiva. En ese mismo año von Behring produjo la antitoxina diftérica y en 1894 Roux y Martin iniciaron la producción de la misma en caballos a fin de disponer de cantidades grandes para su uso terapéutico.

Muchas de estas aportaciones surgieron del mismo Instituto Pasteur en París o del Koch en Berlín. La escuela alemana concentró sus esfuerzos en el aislamiento, cultivo y caracterización de los agentes causales de las principales enfermedades del hombre. La escuela francesa, comandada por Pasteur, se orientó casi desde el principio a un problema más sutil y complejo: el modelo biológico de las enfermedades y la utilización de la inmunología con fines preventivos.

Esta orientación fue congruente con la filosofía de Pasteur sobre la enfermedad infecciosa. Aunque vislumbraba la posibilidad de atacar a los microorganismos una vez conocidos, no consideraba que la curación fuese la mejor de las opciones. A este respecto afirmó: "Cuando medito sobre una enfermedad, nunca pienso en hallar un remedio para ella, sino en los medios para prevenirla."

En esta misma línea de ideas, observó que la susceptibilidad a las infecciones tenía mucha relación con factores tales como el clima, la higiene, la nutrición, la temperatura corporal, etcétera. Son famosas sus afirmaciones relativas a esta preocupación. Con respecto a la susceptibilidad a la tuberculosis sostuvo que: "Si se coloca a este niño [hijo de padres tuberculosos] bajo condiciones de buena nutrición y clima, hay muchas posibilidades de salvarlo de la tuberculosis... Existe, repito, una diferencia fundamental entre la enfermedad en sí y las causas que la predisponen, las ocasiones en que puede presentarse... Cuán a menudo la constitución del herido, su condición débil, su estado mental... son tales que su resistencia vital es insuficiente para oponer una barrera adecuada a la invasión de lo infinitamente pequeño..."

Y refiriéndose a las enfermedades de los gusanos de seda, afirmaba: "Si fuera a comenzar... nuevos estudios sobre los gusanos de seda, me gustaría dedicarme a las condiciones que aumentan su vigor en general... Estoy convencido de que sería posible descubrir medios para propiciar así su resistencia a las enfermedades accidentales. Sería una prueba de la mayor importancia aumentar el vigor de los gusanos de seda exponiendo los huevos al frío del invierno o al frío artificial."

No puede negarse que esta orientación marcó un hito en el ámbito de la medicina al crear las condiciones y explorar la posibilidad para prevenir las enfermedades infecciosas.

Una de las áreas influidas por el trabajo de Pasteur, aún antes de que empezara sus estudios sobre el ántrax, fue la medicina, que recibió una contribución espectacular de parte de un cirujano inglés llamado Joseph Lister. Este médico, que se había familiarizado con las publicaciones de Pasteur sobre la ubicua presencia de los microorganismos en el aire, y respecto a todas sus actividades químicas, consideró que este conocimiento podría explicar los frecuentes accidentes que se presentaban en la práctica quirúrgica. En otras palabras, postulaba que los microbios que flotaban en el aire alrededor del paciente durante las operaciones caían en las heridas abiertas y eran responsables de la putrefacción y las infecciones. Obrando de acuerdo con esta teoría preparó aerosoles de fenol (un poderoso desinfectante) y roció esta solución en las salas de cirugía. Esta práctica, aunque tuvo muchos opositores en un principio, se constituyó en una extraordinaria posibilidad para la recuperación de los pacientes sometidos a cirugía, al evitar las infecciones posoperatorias.

La etapa inaugurada por Pasteur y Koch ha sido llamada, con acierto, la edad dorada de la microbiología, y probablemente constituye el periodo en el que se ha hecho el mayor número de contribuciones para la teoría y práctica de la medicina. Además del conocimiento de los agentes de cada enfermedad infecciosa, se estimularon el desarrollo de métodos de diagnóstico sustentados en bases científicas, el establecimiento de terapias específicas y la consolidación de la medicina preventiva.

Índice analítico y glosario

abiogénesis
véase generación espontánea
ácido butírico: Producto que se forma durante la fermentación láctica.
47, 48, 50, 51
ácido láctico: Producto que se forma durante la fermentación láctica.
47
actinomicetos: Gérmenes que pertenecen al grupo de microorganismos de los que se extrae la mayor parte de los antibióticos.
95
ADN: Ácido desoxirribonucleico, que transmite información genética.
98
aerobio: Organismo que requiere la presencia de oxígeno.
51
Allais: Pueblo del sur de Francia.
34
Alpes
29
Alsacia: Región de Francia.
92, 93
anaerobio: Organismo que sólo puede multiplicarse en ausencia de oxígeno.
27, 37, 51, 76
antibiótico: Sustancia antimicrobiana derivada, en general, de mohos, hongos y bacterias.
95, 97
ántrax: Enfermedad infecciosa del ganado, transmisible al hombre, producida por el *Bacillus anthracis*.
35-38, 40, 41, 74-76, 80, 81, 84, 86, 87, 96, 100

Arbois: Pueblo natal de Pasteur.
11, 22, 23
ARN: Ácido ribonucleico, que participa en la transmisión de las características genéticas de los seres vivos .
98
Asia
14
azoado: Que contiene azoe (nitrógeno).
52, 55

bacilo: Bacteria en forma cilíndrica; filamento más o menos largo, recto o encorvado, según las especies.
35, 37, 40, 41, 48, 74, 76, 81, 96, 98
bacteria: Microorganismo en forma de bastoncillo.
28, 31, 34-36, 38, 65, 74, 76, 80, 84, 95, 96, 97
Ballard, Antoine: Químico francés (1802-1876), miembro de la Academia de Ciencias.
23
Bassi, Agustino: Médico italiano (1773-1856); en 1836 demostró que la causa de una enfermedad del gusano de seda era un hongo, y formuló una teoría microbiana de la enfermedad.
22, 34
Behring, Emil von: Bacteriólogo alemán (1854-1917). Descubrió cómo desarrollar inmunidad ante el tétanos y la difteria.
98
biología: Ciencia que se ocupa del estudio de los seres vivos.
16, 98

Cagniard de la Tour, Charles: Físico francés (1777-1859).
25, 54
Clostridium butyricum: Uno de los infusorios responsables de la fermentación de la leche.
48
Clostridium septicum: Microorganismo que produce la septicemia.
37, 76, 77, 79
coco: Bacteria esférica.
95
Cohn, Ferdinand J.: Botánico alemán (1828-1898). Fue el primero en establecer a la bacteriología como ciencia independiente.
78
cólera: Enfermedad infecciosa, producida por el bacilo *Vibrio comma.*
38, 40, 82, 83, 86, 96
corpúsculo: Cuerpo pequeño.
34, 52, 61, 62, 66, 70, 78

Chamberland, Charles: Bacteriólogo francés (1851-1908), colaborador de Pasteur.
40

Davaine, Joseph: Médico francés (1812-1882); detectó la presencia de infusorios en la sangre de cabras muertas por ántrax.
36
difteria: Enfermedad infecciosa aguda, con frecuencia mortal.
96-98
Dole: Pueblo de Francia.
22
Dumas, Jean Baptiste: Químico y político francés (1800-1884). Ideó un método para medir la densidad de los vapores.
23, 32
duramadre: Una de las tres membranas que envuelven el cerebro, el cerebelo y la médula espinal.
88
Durero, Alberto: Pintor y grabador alemán, nacido en 1471 y muerto en 1528.
15

espiroqueta: Bacteria filamentosa en forma de espiral.
96
espora: Células reproductivas de ciertos organismos, como los hongos, o forma de resistencia de ciertas bacterias.
31, 61, 62, 74, 77, 84
estafilococo: Bacilo que produce infecciones de heridas.
37, 95
Estrasburgo: Ciudad de Francia.
24
estreptococo: Agente de la amigdalitis, erisipela y otras enfermedades.
37, 96
Europa
14

fermentación: Descomposición de un compuesto orgánico por la influencia de un fermento. Puede ser de diversos tipos: alcohólica, acética, láctica, butírica, etcétera.
25, 27, 28, 38, 47, 48, 50-56, 76, 77, 97
fermento: Enzima.
47-48, 50, 51, 52, 54, 55
fiebre puerperal: Infección generalizada, muchas veces mortal, que pueden padecer las mujeres después de un parto.
37

flacherie: Enfermedad del gusano de seda.
78

Fracastorius, Girolamo: Médico y poeta italiano (1483-1553). A él se debe el nombre de *sífilis*. En su obra desarrolló ideas muy acertadas sobre el contagio de esta enfermedad.
14, 21, 22

Francia
11, 34

gemación: Modo de reproducción celular que consiste en la formación, en una parte de la célula, de una yema o botón que se desprende para formar un nuevo individuo.
25

generación espontánea: Doctrina que sostenía que la vida podía surgir espontáneamente a partir de materia inanimada.
18, 20, 21, 28, 29, 31, 32, 52, 55, 56, 71

germen: Microbio patógeno.
29, 37, 40, 42, 43, 56, 57, 62, 66, 74, 78, 79, 95

gonococo: Bacteria que produce la gonorrea.
96

gonorrea: Enfermedad de transmisión sexual.
96

gusano de seda: Gusano que produce la seda que se utiliza industrialmente. Su nombre científico es *Bombyx*.
22, 32, 34, 35, 78, 99

Henle, Jacob: Anatomista alemán (1809-1885). Estableció los criterios para relacionar un microorganismo con una enfermedad.
22

Hipócrates: Médico griego considerado el padre de la medicina. Nació en la isla de Cos en 460 a.C.
13

Hooke, Robert: Científico inglés (1635-1703). Al estudiar el corcho al microscopio observó pequeños espacios vacíos, a los que llamó células, del latín *celdas*.
16

infusorio: Célula o microorganismo que tiene cilios ("pelos") que le permiten moverse en un líquido.
27, 47, 48, 50, 51, 56, 57, 61, 66, 72

inmunizar: Transferencia de factores inmunes (suero o células) de un individuo inmune a otro que no lo es.
40, 41, 43, 98

inmunología: Ciencia que estudia los conocimientos relativos a la inmunidad,

es decir, a la capacidad de desarrollar un estado refractario a las infecciones.
99
inocular: Implantar microbios o material infeccioso en un medio de cultivo; introducir artificialmente un producto biológico o un agente productor de enfermedad en un cuerpo.
34, 36, 42, 76, 78, 81, 88, 91, 93, 94
Instituto Koch
98
Instituto Pasteur
94, 98
Inglaterra
16
Italia
14

Jenner, Edward: Médico británico (1749-1823) que inventó la vacuna contra la viruela humana.
40, 83
Joblot, Louis: Naturalista francés (1645-1723). Realizó experimentos para demostrar la inexistencia de la generación espontánea.
18
Joubert: Científico colaborador de Pasteur.
37, 40, 74
Jupille, Jean Baptiste: Paciente de Pasteur.
94
Jura: Región de Francia.
94

Kitasato, B. S.: Bacteriólogo japonés (1856-1931), descubridor del bacilo causante del tétanos.
98
Koch, Robert: Bacteriólogo alemán (1843-1910); en 1882 descubrió la bacteria del ántrax y el bacilo de la tuberculosis; en 1884 el del cólera y su modo de contagio.
22, 36, 37, 39, 78, 98, 100

Laurent, Marie: Esposa de Louis Pasteur.
24
Laveran, Charles: Médico francés (1845-1922), descubridor del parásito que produce el paludismo.
98
Leeuwenhoek, Antonio van: Inventor del microscopio, nacido en Holanda en 1632 y muerto en 1723. Se lo considera padre de la bacteriología.
16, 18, 22, 25

lepra: Enfermedad contagiosa crónica producida por una bacteria.
13, 14, 96
levadura: Hongo unicelular.
16, 25, 27, 31, 50, 54, 55, 66, 70, 82, 95, 97
levógiro: Que gira el plano de polarización de la luz hacia la izquierda.
24
Lille: Ciudad de Francia.
24, 25
Lister, Joseph: Cirujano inglés (1827-1912), creador del método antiséptico.
100
Loeffler, Friedrich: Bacteriólogo alemán (1852-1915), que identificó el bacilo de la difteria.
98

madre del vinagre
véase mycoderma
Meister, Joseph: Paciente de Pasteur.
92-94
Melún: Ciudad de Francia.
41
meningitis: Enfermedad caracterizada por inflamación de las meninges.
36, 96
meningococos: Bacterias que producen meningitis.
96
microbio: Organismo unicelular microscópico.
13, 18, 29, 38, 74, 80, 87, 100
microbiología: Ciencia que se ocupa del estudio de los seres microscópicos.
24, 100
microorganismo: Organismo microscópico.
20, 27, 29, 32, 34, 36, 37, 40, 42, 50, 66, 83, 95, 96, 98-100
Missengot: Ciudad francesa.
92
moho: Hongo microscópico.
56, 61, 65, 72
Monte Blanco: Montaña más alta de los Alpes.
29, 30
mucor: Moho que puede proliferar en diferentes materias orgánicas en descomposición.
65
mycoderma: Levadura microscópica que produce la acidificación del vino.
27, 82

Needham, John T.: Naturalista inglés (1713-1781), probablemente el máximo

defensor de la teoría de la generación espontánea.
20, 21, 28
neumococo: Bacteria que causa la neumonía.
42, 96

Ovidio: Poeta latino.
14

papel tornasol: Papel químicamente tratado que sirve para medir la acidez de una sustancia.
64
París
23, 29
Pasteur, Jean Joseph: Padre de Louis Pasteur.
22
Pasteur, Louis
11, 12, 22-25, 27, 29, 31, 32, 34-38, 40-43, 45, 47, 49, 50, 59, 61, 62, 66, 71, 72, 74, 76, 77, 80, 83, 85, 86, 88, 89, 91, 94, 95, 98-100
Pasteurella multocida: Microbio causante del cólera de las aves.
83
patógeno: Productor o causante de enfermedad.
38
pebrina: Enfermedad infecciosa del gusano de seda.
34
Penicillium notatum: Hongo del que se extrae la penicilina.
97
Plenciz, Mario Antonio van: Físico austriaco (1705-1786); aseveró que las enfermedades eran producidas por organismos vivientes, y que cada enfermedad tenía su propio causante.
22
polarizar: Modificar los rayos luminosos por medio de refracción o reflexión.
24
pasteurización: Calentamiento de alimentos por un corto tiempo a determinada temperatura; destruye las bacterias patógenas pero sin afectar las propiedades nutritivas y el sabor.
28, 32
Pouchet, F. A.: Científico francés que realizó cientos de experimentos con infusiones para demostrar la existencia de la generación espontánea. Pasteur demostró su error.
28, 29, 31
Pouilly le Fort: Pueblo francés en el que Pasteur realizó un célebre experimento con el ántrax.
41, 85, 86

protozoario: Organismo animal unicelular.
16, 28, 34, 95, 97

rabia: Enfermedad específica de ciertos animales, transmisible al hombre, y casi siempre mortal.
11, 42-44, 88-90, 91-94, 98

racémico: Ópticamente inactivo.
24

Real Academia Francesa de Ciencias
29, 31, 41, 44, 51, 76, 94

Real Sociedad de Londres
16

Redi, Francisco: Naturalista italiano (1626-1697); realizó experimentos que permitieron demostrar que los gusanos de la carne en proceso de putrefacción eran larvas de mosca.
18, 20

Renan, Ernest: Historiador y ensayista francés (1823-1892).
41

Roqui, Jeanne: Madre de Louis Pasteur.
22

Roux, Pierre: Bacteriólogo francés (1853-1933), discípulo y colaborador de Pasteur.
40, 88, 98

Schwann, Theodor: Anatomista alemán (1810-1882); publicó varios trabajos sobre la generación espontánea, las fermentaciones y otros.
25, 28, 29, 54

Semmelweis, Phillip: Médico húngaro (1818-1865). Demostró que la fiebre puerperal podía evitarse con medidas higiénicas.
37

septicemia: Enfermedad causada por invasión de organismos patógenos en la corriente sanguínea.
37, 76, 77

sífilis: Enfermedad infecciosa, de transmisión sobre todo sexual, producida por la espiroqueta *Treponema pallidum*.
96

soprófito o soprozoico: Que se nutre de materia orgánica de origen vegetal o animal.
97

Spallanzani, Lazzaro: Naturalista italiano (1729-1799), que realizó experiencias sobre la generación espontánea.
20, 21, 28, 29

tétanos: Enfermedad aguda infecciosa, debida al *Bacillus* o *Clostridium tetani*.
96, 98

tuberculosis: Enfermedad infecciosa causada por el bacilo de Koch, *Mycobacterium tuberculosis*.
38, 96, 98, 99
Tyndall, John: Físico holandés (1810-1893). Entre otros temas, se ocupó de demostrar la existencia de partículas suspendidas en el aire.
32

vacuna: Preparación microbiana que introducida en el organismo inmuniza contra determinada enfermedad.
38-44, 83, 86
Varro: Pensador de la antigüedad clásica (117-26 a.C.). Propuso que la enfermedad era causada por pequeños animales invisibles que entraban al cuerpo a través de la boca y la nariz.
13
Venecia
14
vibrio: Pequeño organismo móvil en forma de coma; entre los vibrios se cuenta el agente del cólera.
96
vibrión séptico
véase Clostridium septicum
vibrión: Bacteria curva, móvil.
67, 78
Viller-Farlay: Pueblo francés de la región del Jura.
94
viruela: Enfermedad infecciosa, contagiosa y epidémica, causada por un virus.
40, 41, 82
virus: Agente infeccioso microscópico, mucho más pequeño que una bacteria.
34, 82, 84, 87-89, 91, 94, 97, 98
Vone, Théodore: Paciente de Pasteur.
92

Yersin, Alexandre: Bacteriólogo francés (1863-1943). Fue uno de los descubridores del bacilo de la peste.
98